Univers des Lettres Bordas

Sous la direction de Fernand Angué

CORNEILLE

LE CID

Tragédie
avec une notice sur le théâtre au temps de Corneille,
une biographie chronologique de Corneille, une étude
générale de son œuvre, une analyse méthodique
de la pièce, l'Avertissement de 1648, l'Examen de 1682,
des notes, des questions

par

Georges GRIFFE
Professeur agrégé au Lycée de Montpellier

SOMMAIRE

© Bordas, Paris 1962 - 1re édition;
© Bordas, Paris, 1984 pour la présente édition
I.S.B.N. 2-04-016016-7; I.S.S.N. 0249-7220

LE THÉÂTRE AU TEMPS DE CORNEILLE

Origines du théâtre parisien

1402   Établis à Saint-Maur en 1398, les Confrères de la Passion s'installent à Paris (hôpital de la Sainte-Trinité), rue Saint-Denis, et y présentent des mistères, des farces, des moralités.

1539   Ils transportent leurs pénates à l'Hôtel de Flandre.

1543   Celui-ci démoli, ils font construire une salle à l'emplacement de l'hôtel des anciens ducs de Bourgogne (angle des rues Mauconseil et Française : (il en reste la Tour de Jean sans Peur et une inscription au n° 29 de la rue Étienne-Marcel), tout près de l'ancienne Cour des Miracles.

1548   Un arrêt du Parlement défend aux Confrères la représentation des pièces religieuses, leur réservant en retour le droit exclusif de jouer les pièces profanes (on commence à composer des tragédies imitées de l'antique).

Les troupes au XVIIe siècle

1. **L'Hôtel de Bourgogne.** — Locataires de la Confrérie, les « Grands Comédiens » (Molière les nomme ainsi dans *Les Précieuses ridicules*, sc. 9) sont des « artistes expérimentés », réputés surtout pour la tragédie. Le titre de « Troupe royale », une pension de 12 000 livres accordée par Louis XIII confèrent à « l'Hôtel de Bourgogne » un caractère quasi officiel.

2. **Le Théâtre du Marais.** — La troupe du Prince d'Orange, dirigée par les comédiens Lenoir et Mondory, fut d'abord une troupe ambulante. Mais le très grand succès qu'elle obtint à Rouen avec la première pièce de Corneille, *Mélite* (1629), engagea Mondory à transporter la pièce dans la capitale où elle obtint, nous dit Corneille lui-même, un succès non moins « surprenant » car « il établit une nouvelle troupe de comédiens à Paris, malgré le mérite de celle qui était en possession de s'y voir l'unique ». Cette troupe nouvelle partagea d'abord la scène de l'Hôtel de Bourgogne avec la Troupe royale; puis, selon Lucien Dubech (*Histoire générale du théâtre*, t. III), « elle émigra impasse Beaubourg, rue Michel-Le-Comte, et s'installa définitivement au Jeu de Paume du Marais, rue Vieille-du-Temple, le 8 mars 1634. Les premières pièces de Corneille suivirent les déménagements de la troupe [...] *Le Cid* fut créé au Marais. »

3. **Les Italiens** sont animés par Tiberio Fiurelli, dit Scara-

mouche (né à Naples en 1608), mime d'une étonnante virtuosité. Ils improvisent sur un canevas, selon le principe de la *commedia dell'arte*. S'exprimant en italien, ils sont « obligés de gesticuler [...] pour contenter les spectateurs », écrit Sébastien Locatelli. Ils reçoivent 16 000 livres de pension générale et des pensions à titre personnel.

4. **La troupe de Molière** s'installera à Paris en 1658, d'abord au Petit-Bourbon, puis au Palais-Royal; devenue Troupe du Roi en 1665, elle recevra 6 000 livres de pension.

5. **L'Opéra,** inauguré le 3 mars 1671 au jeu de paume de Laffemas, près de la rue de Seine et de la rue Guénégaud, sera dirigé, à partir de l'année suivante, par Lully.

6. **Autres troupes** plus ou moins éphémères : celle de Dorimond; les « farceurs » du Pont-Neuf (Tabarin); les Espagnols; les danseurs hollandais de la foire Saint-Germain; les animateurs de marionnettes. Enfin, de dix à quinze troupes circulent en province, selon Chappuzeau. De nombreux collèges (celui de Clermont, en particulier) continuent la tradition du XVIe siècle et jouent des tragédies à sujet religieux en fin d'année.

En 1673 (ordonnance du 23 juin), la troupe du Marais fusionnera avec celle de Molière. Installés à l'hôtel Guénégaud, ces **comédiens associés** se vanteront d'être les Comédiens du Roi; cependant, ils ne toucheront aucune pension.

En 1680 (18 août), ils fusionneront avec les Grands Comédiens; ainsi se trouvera fondée la **Comédie française.** « Il n'y a plus présentement dans Paris que cette seule compagnie de comédiens du Roi entretenus par Sa Majesté. Elle est établie en son hôtel, rue Mazarini, et représente tous les jours sans interruption; ce qui a été une nouveauté utile aux plaisirs de cette superbe ville, dans laquelle, avant la jonction, il n'y avait comédie que trois fois chaque semaine, savoir le mardi, le vendredi et le dimanche, ainsi qu'il s'était toujours pratiqué. » (Préface de Vinot et La Grange pour l'édition des œuvres de Molière, 1682.)

Les comédiens : condition morale

Par ordonnance du 16 avril 1641, Louis XIII les relèvera de la déchéance qui les frappait : « Nous voulons que leur exercice, qui peut innocemment divertir nos peuples de diverses occupations mauvaises, ne puisse leur être imputé à blâme, ni préjudice à leur réputation dans le commerce public. »

Cependant, l'hostilité de l'Église catholique et de l'Église réformée subsistera : le *Rituel du diocèse de Paris* prescrit d'exclure de la communion « ceux qui sont notoirement excommuniés, interdits et manifestement infâmes : savoir les [...] comédiens, les usuriers, les magiciens, les sorciers, les blasphémateurs et autres semblables pécheurs ». La *Discipline des protestants de France* (chap. XIV, art. 28) réprouve le théâtre en ces termes : « Ne sera loisible aux fidèles d'assister aux comédies, tragédies, farces, moralités et autres jeux joués en public et en particulier, vu que de tout temps cela a été défendu entre les chrétiens comme apportant corruption de bonnes mœurs. »

Les salles

Les salles comprennent des galeries ou loges, pour les gens de qualité, et un parterre où le public populaire s'entasse debout. A partir de 1637 (et jusqu'en 1759) des banquettes sont installées sur la scène même — côté cour et côté jardin¹ — pour des spectateurs privilégiés — des hommes seulement — qui paient fort cher le plaisir de mal voir le spectacle mais d'être bien vus de toute la salle. Ils louaient les places de scène « pour se faire voir et pour avoir le plaisir de conter des douceurs aux actrices » (J.-N. de Tralage); « ils arrivaient souvent en retard et cherchaient des places après même plusieurs scènes exécutées » (abbé de Pure).

Les Grands (princes du sang, ducs et pairs), les mousquetaires et les pages du Roi entrent au théâtre sans payer. Les pages suscitent parfois du désordre que le lieutenant de police doit réprimer. On ne respecte guère les acteurs puisque, le 6 octobre 1672, des valets jetteront des cailloux sur les comédiens et qu'un morceau de pipe tombera sur le plateau au moment où Molière entrera en scène.

Les représentations

Annoncées pour 2 heures, elles ne commencent qu'à 4 ou 5 heures, après vêpres. Le décor représente, au début du siècle, « un carrefour où répondaient les maisons des principaux acteurs », maisons (on disait *mansions*, au temps des mistères) figurées par des toiles peintes. Les acteurs se déplacent donc sur la scène, selon le lieu de l'action (pour ce qui concerne *le Cid*, voir page 30). Plus tard, la mise en scène s'effacera, et le décor de la tragédie ne représentera plus qu'« un palais à volonté ».

Les costumes ne prétendent pas à la vérité historique. Pour le personnage de tragédie, une cuirasse pseudo-antique s'accompagnera d'une perruque, quand la perruque sera de mode. Il y a un rideau de scène, mais on ne le baisse pas à la fin de chaque acte; des violons annoncent l'entracte.

---

1. Regardons la scène, conseillait Paul Claudel, et projetons-y les initiales de *Jésus-Christ*, nous saurons où est le côté *Jardin* et le côté *Cour*.

LA VIE DE CORNEILLE (1606-1684)

1606 (6 juin).   Naissance de PIERRE CORNEILLE, rue de la Pie, à Rouen, près du Vieux Marché, dans la maison achetée par son grand-père, conseiller référendaire à la Chancellerie du Parlement de Normandie. Cette maison, dont héritera le poète, est aujourd'hui le Musée Pierre Corneille. Toute la famille, d'honorable bourgeoisie, exerce des fonctions juridiques ou ecclésiastiques : le père est maître des Eaux et Forêts, la grand-mère était la nièce du greffier criminel au Parlement. Parmi les oncles, l'un est curé près d'Yvetot, un autre procureur au Parlement ; seul, le troisième se contente de ses propriétés rurales. En somme, un milieu aisé, solidement enraciné dans sa province, respectueux des traditions et des hiérarchies du temps.

1615-1622   Au collège des Jésuites de Rouen, Pierre Corneille reçoit une solide formation religieuse et une culture essentiellement latine. Il se distingue dans les compositions de vers latins (deux premiers prix) comme, plus tard, le feront Baudelaire et Rimbaud. On ignore s'il joua des rôles (comme l'avait fait Montaigne au collège de Guyenne) dans les pièces latines composées par les professeurs. L'amour qu'il éprouve pour la jeune CATHERINE HUE lui inspire ses premiers vers.

1624   A dix-huit ans, Corneille est reçu **avocat** stagiaire ; son initiation à la procédure durera quatre ans. La tradition rapporte qu'il ne plaida qu'une fois, gêné par une timidité dont il avait pleinement conscience. En vérité, la vocation poétique l'emporte sur la carrière juridique, les Muses consolant le jeune homme de son amour contrarié par les parents de Catherine. Rouen, la seconde ville du royaume, lui offre des bibliothèques, un cercle littéraire, le « Puy des Palinods », des amateurs de Lettres (les frères Campion), une colonie espagnole avec laquelle sa famille contracte alliance. L'exemple d'aînés illustres, tels Malherbe, Saint-Amant, Boisrobert, Camus stimule le débutant.

1629   Écho de sa passion pour Catherine, la comédie de **Mélite** est emportée à Paris par l'acteur Mondory, qui la fait applaudir au Théâtre du Marais. « La demoiselle qui en avait fait naître le sujet porta longtemps, dans Rouen, le nom de Mélite, nom glorieux pour elle, et qui l'associait à toutes les louanges que reçut son amour », observe Fontenelle (*Vie de M. Corneille*, éd. de 1764, III, p. 52). Néanmoins, Corneille reste attaché à sa ville natale pour de nombreuses années encore. Son père lui a acheté (1628) une double charge d'avocat du Roi, qu'il exercera ponctuellement pendant vingt-deux ans. Ces offices n'entraveront nullement l'essor de son génie dramatique ; de 1629 à 1636, les comédies se succèdent rapidement : *Clitandre*, *la Veuve*, *la Galerie du Palais*, *la Suivante*, *la Place Royale*.

1635   **Richelieu** consacre la notoriété de l'écrivain en lui accordant une pension de 1 500 livres et en l'admettant dans la « société des cinq auteurs », chargés d'illustrer la scène française. L'accueil reçu par la *Sophonisbe* de Mairet (1634), première tragédie « régulière », incite Corneille à tenter le genre tragique avec *Médée* (1635).

1636-1637   Le succès d'un « caprice » à la verve débridée, *l'Illusion comique*, est encore dépassé, en cette année triomphale, par celui du **Cid,** dont la grandeur héroïque et la passion exaltée enthousiasment le public parisien. Le *Cid* vaut au père de Corneille des lettres de noblesse. Mais la jalousie des rivaux et l'incompréhension des doctrinaires suscitent la **Querelle du Cid**, et Richelieu soumet la tragi-comédie à l'examen de l'Académie française sans l'assentiment de l'auteur. Les *Sentiments de l'Académie sur le Cid* (1637), rédigés par Chapelain, mécontentent Corneille et l'indisposent à l'égard du Cardinal.

1638-1640   L'amertume de la *Querelle*, un procès au sujet de sa charge d'avocat, la mort de son père, la révolte des « Va-nu-pieds », paysans normands insurgés contre le fisc, troublent l'inspiration de Corneille, que Chapelain réconforte.

1640-1644   Alors que la révolte est durement réprimée à Rouen même, Corneille compose *Horace*, *Cinna*, *Polyeucte*, *la Mort de Pompée*, et se divertit avec la fantaisie espagnole du *Menteur*. A trente-quatre ans, il épouse MARIE DE LAMPÉRIÈRE, fille du lieutenant civil et criminel du bailli de Gisors ; elle sera une bonne mère de famille. La mort de Richelieu, puis celle de Louis XIII l'obligent à chercher de nouveaux protecteurs : Mazarin lui accorde une pension que le poète paye d'un *Remerciement* en vers, selon l'usage de l'époque.

1644-1648   Corneille se renouvelle en donnant les premiers rôles à des monstres capables de « beaux » crimes dans *Rodogune* (1645), *Théodore, vierge et martyre* (1646), *Héraclius* (1647), puis en commençant une pièce « à machines », *Andromède*, commandée par la Cour pour le Carnaval de 1648.

1649-1652   Alors que les *Traités de Westphalie* (1648) consacrent l'hégémonie française en Europe, à Paris la Fronde oppose les Parlementaires et les Princes à Mazarin et à la Reine. *Andromède* et

Dom[1] *Sanche d'Aragon* doivent attendre la fin des troubles et la réouverture des théâtres. Les salons se délassent des intrigues politiques en disputant du mérite des sonnets de *Job* et d'*Uranie*, que Corneille se garde de départager. La Fronde gagnant la Normandie, Mazarin destitue les magistrats « frondeurs » de Rouen et élève Corneille à la charge de procureur syndic des États de Normandie; mais un rapide retour en grâce de son prédécesseur prive Corneille de sa nouvelle charge,... et il a dû vendre l'ancienne. Il se console avec l'affection de son jeune frère Thomas, qui habite dans sa maison (1650), et le succès de *Nicomède* (1651), où le public applaudit les allusions politiques.

1652-1658   L'échec de *Pertharite* (1652) le détourne une nouvelle fois de la scène. La vie de famille (il a sept enfants), les affaires de sa paroisse et la traduction en vers français de l'*Imitation de Jésus-Christ* l'absorbent. Ni le développement du Jansénisme en Normandie, ni l'ardente polémique des *Provinciales* ne le font dévier de l'orthodoxie catholique : « J'ai été assez heureux, constate-t-il, pour conserver la paix en mon particulier avec les deux partis opposés sur la question de la Grâce. »

1658-1661   Dès 1656, Corneille commence une « pièce à machines », *la Toison d'or*, pour un gentilhomme normand. Le succès éclatant du *Timocrate* de son frère Thomas, les polémiques suscitées par *la Pratique du Théâtre* de l'abbé d'Aubignac (1657), ses relations avec Molière, dont la troupe joue à Rouen avant de conquérir Paris, l'encouragent à rentrer en lice. A la poésie pieuse succède la poésie galante, soit en l'honneur de Marquise Du Parc, vedette de la troupe de Molière, soit à la gloire des précieuses parisiennes avec lesquelles il correspond par l'intermédiaire de Thomas ou de l'abbé de Pure. La réussite d'*Œdipe* (1659) à l'Hôtel de Bourgogne et de *la Toison d'or* (1660) au Théâtre du Marais, puis l'édition de son Théâtre complet, accompagné de trois **Discours sur l'art dramatique (1660)** consacrent sa royauté littéraire. L'arrestation de Fouquet, son protecteur, n'entame pas sa faveur auprès de Louis XIV.

1662-1674   Pierre et Thomas Corneille quittent Rouen et s'installent à Paris chez le duc de Guise, qui les protège. La fréquentation des salons et les cabales littéraires entraînent les deux frères dans une agitation brillante et vaine. Sur le tard, Pierre Corneille devient « bel-esprit » et en manifeste les susceptibilités : il se brouille avec Molière en prenant parti contre lui dans la Querelle de l'*École des femmes* (1663) et avec d'Aubignac lors

---

1. Sur cette orthographe, voir Antoine Adam, *Histoire de la littérature française au XVII*e *siècle*, III, p. 321.

de la Querelle de *Sophonisbe*. Qu'importe, puisque la liste des pensions royales établie par Chapelain lui attribue deux mille livres annuelles, et que les lettres de noblesse lui sont confirmées. Sa longévité est aussi admirable que sera celle de Victor Hugo. Après *Sophonisbe* (1662-1663), six tragédies attestent sa fécondité dramatique, cependant que de vastes et nombreux poèmes religieux prolongent l'inspiration mystique de l'*Imitation*. Il célèbre en vers les victoires de Louis XIV en Flandre, en Hollande, la paix de Nimègue : deux de ses fils et un gendre sont officiers (ce gendre et le second fils tomberont au champ d'honneur).

Cependant, cette hégémonie littéraire va décliner sous les coups d'un jeune rival : Racine. Le « clan » des Normands (Pierre, Thomas, le neveu Fontenelle, Donneau de Visé, fondateur du *Mercure Galant*) irrite les écrivains de la nouvelle génération en monopolisant les scènes et les pensions. *Alexandre* de Racine (1665) est critiqué par Corneille et ses partisans (*Lettre* de Saint-Evremond); Racine réplique vertement dans sa *Préface*. Désormais, chaque succès de Racine semble un outrage à Corneille. Mais *Andromaque* éclipse *Attila*, la *Bérénice* de Racine sa *Tite et Bérénice*. Le succès de *Pulchérie*, « qui peuple le désert » du théâtre du Marais, est une passagère revanche : *Iphigénie* l'emporte sur *Suréna*. Même les plus fervents admirateurs de Corneille, tels Saint-Evremond et Mme de Sévigné, reconnaissent le talent de Racine.

1674-1684 L'apaisement néanmoins se fait : Corneille est satisfait par la reprise devant le roi de *Cinna*, *Horace*, *la Mort de Pompée*, *Sertorius*, *Œdipe* et *Rodogune*; Racine connaît lui-même l'amertume de la cabale de *Phèdre* (1677) et va quitter la scène prématurément. Corneille continue à composer des vers en l'honneur de Louis XIV et à solliciter le rétablissement de sa pension, qui avait été supprimée ; elle sera rétablie en 1682. Il obtient un bénéfice pour son fils Thomas, abbé d'Aiguevive en Touraine. La reprise triomphale d'*Andromède* (1682) lui cause une dernière joie. Il s'éteint le 2 octobre 1684, à l'âge de soixante-dix-huit ans, rue d'Argenteuil, dans la paroisse Saint-Roch à Paris. Un an plus tard, Racine prononcera son éloge à l'Académie en recevant Thomas Corneille, et Fontenelle rendra hommage à son oncle défunt dans les *Nouvelles de la République des Lettres*.

Documents anciens :

Tallemant des Réaux, *Historiettes*; Fontenelle, *Vie de P. Corneille avec l'histoire du théâtre français jusqu'à lui*, 1721.

CORNEILLE : L'HOMME

Peut-on dire d'un écrivain et de son œuvre : « tel arbre, tel fruit » ? Il ne le semble guère dans le cas de Corneille : aucune œuvre n'est plus héroïque, aucune existence plus bourgeoise.

Physiquement, l'homme est gauche et lourd ; le portrait de Michel Lasne montre un visage rude, aux traits fortement marqués, sévère et triste comme celui d'un juge.

> M. Corneille était assez grand et assez plein, l'air fort simple et fort commun, toujours négligé et peu curieux de son extérieur. Il avait le visage assez agréable, un grand nez, la bouche belle, les yeux pleins de feu, la physionomie vive, les traits fort marqués et propres à être transmis à la postérité dans une médaille ou dans un buste. Sa prononciation n'était pas tout à fait nette. Il lisait ses vers avec force, mais sans grâce. — Fontenelle, *Vie de M. Corneille*, 1764 (III, p. 77).

Moralement, il était mélancolique [...] Il avait l'humeur brusque [...] Au fond,

> il était très aisé à vivre, bon père, bon mari, bon parent, tendre et plein d'amitié. Son tempérament le portait assez à l'amour, mais jamais au libertinage et rarement aux grands attachements. Il avait l'âme fière et indépendante, nulle souplesse, nul manège, ce qui l'a rendu très propre à peindre la vertu romaine et très peu propre à faire fortune. (*Ibid.*, p. 78.)

Socialement, Corneille est un bourgeois anobli, un magistrat, qui connaît les réalités de la vie et le poids de l'argent. Son œuvre littéraire ne l'écarte ni de ses fonctions, ni de sa famille. Il veille sur son théâtre avec autant de soin que sur ses propriétés ou sur ses rentes, vendant chèrement ses pièces aux comédiens, s'assurant le privilège des éditions, jusque-là bénéfice des libraires, et sollicitant âprement des pensions auprès des mécènes (Montoron ou Fouquet) ou des pouvoirs (Richelieu, Mazarin ou Louis XIV). Il fait dire à l'un de ses personnages (dans *l'Illusion Comique*) : « Le théâtre est un fief dont les rentes sont bonnes. » Économe et simple dans ses habitudes, même à Paris, il reste à l'abri du besoin pendant les sept années (1674-1682) où la pension royale n'est pas payée. En dépit de la légende, il ne fut jamais réduit à une seule paire de souliers.

Pour fonder un foyer, il n'attend pas, comme le fera Racine, de quitter la scène. Bon père de famille, bon frère, il veille à l'avenir des uns et des autres, et son affection est payée de retour. Pieux dès l'enfance, sa foi robuste et profonde résiste aussi bien aux égarements jansénistes qu'aux séductions du monde. Il en donne la preuve et comme paroissien et comme auteur.

Politiquement, « Très humble observateur des lois et de son prince ».
Religieusement, il ne déviera pas de l'orthodoxie catholique.

CORNEILLE : SES PRINCIPES

Corneille a publié, en 1660, *Trois Discours sur l'art dramatique* où il nous donne, avec une « simplicité volontaire », sur les grands problèmes de l'art dramatique au XVIIe siècle, « l'expression nue de [ses] sentiments » ou si l'on préfère, dit-il, « de [ses] hérésies ». Beaucoup plus que sur les préceptes d'Aristote, il se fonde « sur [son] expérience du théâtre et sur ce [qu'il a] vu y plaire ou y déplaire » car « nous ne devons pas nous attacher si servilement à l'imitation des anciens que nous n'osions essayer quelque chose de nous-même quand cela ne viole pas les règles de l'art ».

Voici quelques extraits de ces Discours :

1. Plaire, et aussi instruire (en plaisant)

« La poésie dramatique a pour but le seul plaisir des spectateurs [...] mais nous ne saurions plaire à tout le monde si nous ne mêlons à l'agréable l'utile [...] Ainsi, quoique l'utile n'y entre que sous la forme du délectable, il ne laisse pas d'y être nécessaire. »

2. Des sujets extraordinaires, mais dont la vérité soit garantie par l'histoire

« Les grands sujets qui remuent fortement les passions, et en opposent l'impétuosité aux lois du devoir ou aux tendresses du sang doivent toujours aller au-delà du vraisemblable, et ne trouveraient aucune croyance parmi les auditeurs, s'ils n'étaient soutenus, ou par l'autorité de l'histoire qui persuade avec empire, ou par la préoccupation de l'opinion commune qui nous donne ces mêmes auditeurs déjà tous persuadés. Il n'est pas vraisemblable que Médée tue ses enfants, que Clytemnestre assassine son mari, qu'Oreste poignarde sa mère; mais l'histoire le dit, et la représentation de ces grands crimes ne trouve point d'incrédules. »

Pourquoi faut-il de tels sujets ?

« Toute action se passe, ou entre des amis, ou entre des ennemis, ou entre des gens indifférents l'un pour l'autre. Qu'un ennemi tue ou veuille tuer son ennemi, cela ne produit aucune commisération, sinon en tant qu'on s'émeut d'apprendre ou de voir la mort d'un homme, quel qu'il soit. Qu'un indifférent tue un indifférent, cela ne touche guère davantage, d'autant qu'il n'excite aucun combat dans l'âme de celui qui fait l'action; mais quand les choses arrivent entre des gens que la naissance ou l'affection attache aux intérêts l'un de l'autre, comme alors qu'un mari tue ou est prêt de tuer sa femme, une mère ses enfants, un frère sa sœur; c'est ce qui convient merveilleusement à la tragédie. »

3. L'amour au second plan

« La dignité de la tragédie demande quelque grand intérêt d'État, ou quelque passion plus noble et plus mâle que l'amour, telles que sont l'ambition ou la vengeance, et veut donner à craindre des malheurs plus grands que la perte d'une maîtresse. Il est à propos d'y mêler l'amour, parce qu'il a toujours beaucoup d'agrément, et peut servir de fondement à ces intérêts, et à ces autres passions dont je parle; mais il faut qu'il se contente du second rang dans le poème, et leur laisse le premier. »

4. La « purgation des passions »

« Si la purgation des passions se fait dans la tragédie [...] (mais je doute si elle s'y fait jamais) [...] je tiens qu'elle se doit faire de la manière que je l'explique :

» La pitié d'un malheur où nous voyons tomber nos semblables nous porte à la crainte d'un pareil pour nous; cette crainte, au désir de l'éviter; et ce désir, à purger, modérer, rectifier, et même déraciner en nous la passion qui plonge à nos yeux dans ce malheur les personnes que nous plaignons, par cette raison commune, mais naturelle et indubitable, que pour éviter l'effet il faut retrancher la cause. »

5. « Les actions sont l'âme de la tragédie »

« *Si un poète a fait de belles narrations morales et des discours bien sententieux, il n'a fait encore rien par là qui concerne la tragédie*, dit Aristote. Les actions sont l'âme de la tragédie où l'on ne doit parler qu'en agissant et pour agir. »

6. L'unité de péril

« L'unité d'action consiste dans la tragédie en l'unité de péril, soit que son héros y succombe, soit qu'il en sorte. Ce n'est pas que je prétende qu'on ne puisse admettre plusieurs périls [...] pourvu que de l'un on tombe nécessairement dans l'autre; car alors la sortie du premier péril ne rend point l'action complète, puisqu'elle en attire un second. »

Corneille estime qu'il n'a pas respecté cette condition dans *Horace* car « ce n'est pas nécessairement qu'Horace tue sa sœur après sa victoire ».

CORNEILLE : SON ŒUVRE

THÉATRE

Corneille a lui-même classé rigoureusement ses œuvres dramatiques selon des critères théoriques précis. La *tragédie* se reconnaît aux personnages qu'elle utilise, princes ou rois mêlés à des affaires politiques, et au péril de mort (suivi ou non de mort effective) qui pèse sur les héros. La *comédie* est, en dehors de tout péril de mort, une intrigue d'amour et de mariage, située dans un monde que ne passionne aucun intérêt d'État (c'est en général, chez Corneille, le monde de l'aristocratie parisienne). Entre les deux, Corneille invente un genre mixte, la *comédie héroïque*, qui développe, sans aucun péril de mort, une intrigue de mariage mêlée de politique dans des milieux royaux ou princiers.

1. La jeunesse

6 comédies : *Mélite* (1630); *la Veuve* (1631); *la Galerie du Palais* (1632); *la Suivante* (1633); *la Place royale* (1634); *l'Illusion comique* (1636).
1 tragédie : *Médée* (1635).
2 tragi-comédies : *Clitandre* (1631); *le Cid* (1636-1637).
2 pièces en collaboration : *La Comédie des Tuileries*, acte III (1635); *l'Aveugle de Smyrne*, acte I (1637).

2. La maturité

9 tragédies : *Horace* (1640); *Cinna* (1641); *Polyeucte* (1642); *la Mort de Pompée* (1644); *Rodogune* (1645); *Théodore* (1646); *Héraclius* (1647); *Nicomède* (1651); *Pertharite* (1651).
2 comédies : *Le Menteur* (1643-1644); *la Suite du Menteur* (1644-1645).
1 comédie héroïque : *Dom Sanche d'Aragon* (1649).
1 pièce à machines : *Andromède* (1648).

3. La vieillesse

2 pièces à machines : *La Toison d'Or* (1660); *Psyché* (en collaboration, 1671).
7 tragédies : *Œdipe* (1659); *Sertorius* (1662); *Sophonisbe* (1663); *Othon* (1664); *Agésilas* (1666); *Attila* (1667); *Suréna* (1674).
2 comédies héroïques : *Tite et Bérénice* (1670); *Pulchérie* (1672).

ŒUVRES POÉTIQUES

Inspiration galante : *Stances à Marquise Du Parc*.
Inspiration patriotique : *Victoires du roi*.
Inspiration religieuse : traduction en vers français de l'*Imitation*; traduction des *Louanges de la Sainte Vierge*; *Office de la Vierge* (4 000 vers); *Ode au P. Delidel*; *Hymnes de saint Victor*...

ŒUVRES THÉORIQUES

Préfaces, dédicaces et *examens* des pièces; trois *Discours sur l'art dramatique ;* l'*Excuse à Ariste* (en vers).

L'acteur Lainé
dans le rôle
de RODRIGUE

La célèbre Rachel
dans le rôle
de CHIMÈNE

« LE CID »

1. L'accueil fait à la pièce

Quand la tragi-comédie[1] du *Cid* fut représentée par la troupe du Marais[2] dans les premiers jours de 1637[3], Corneille était un auteur en vue : il avait à son actif six comédies, une tragédie et une tragi-comédie[4]; il faisait partie de la Société des cinq auteurs que Richelieu avait fondée pour montrer l'intérêt qu'il portait à l'art dramatique et dont les membres écrivaient des pièces en collaboration.

Le succès fut immédiat et éclatant : « Ne vous souvient-il pas, dit Corneille à Scudéry, que *le Cid* a été représenté trois fois au Louvre et deux fois à l'hôtel de Richelieu[5] ? »

On a voulu expliquer ce succès par des raisons d'actualité. La pièce a pour cadre l'Espagne : or, l'année précédente, la France avait déclaré la guerre à ce pays et, après avoir perdu la place de Corbie, venait de la reprendre. Richelieu proscrivait le duel, et il y en a deux dans la pièce, ainsi que des arguments pour et contre la légitimité de cette coutume. Enfin, le père de Chimène ressemble fort à ces grands seigneurs contre lesquels le cardinal achevait de défendre la royauté; l'exécution de Montmorency est de 1632 et, en 1636, Gaston d'Orléans, frère du roi, a été obligé de fuir après l'échec de la conspiration du comte de Soissons.

Ces circonstances ne sont pas étrangères au succès de la pièce. En outre, le public y retrouvait le romanesque de *l'Astrée*, des romans précieux pour lesquels il se passionnait, en compagnie des meilleurs esprits et, sans doute, de Corneille lui-même. Le public y trouva aussi bien autre chose : une vérité humaine et une intensité dramatique auxquelles ne l'avaient guère habitué les tragi-comédies à la mode[6].

Héros inconsistants, actions touffues et invraisemblables : telles étaient les caractéristiques des tragi-comédies qui, depuis une dizaine d'années, avaient détrôné la tragédie et la comédie traditionnelles. Mais en même temps, à l'exemple de la pastorale italienne, se dessinait une tendance à resserrer et à simplifier l'action, comme l'indiquent la *Silvanire* de Mairet et la préface qui l'accompagne[7].

---

1. Voir p. 13 et p. 20. — 2. Voir p. 3, *les Troupes au XVIIe siècle*. — 3. La date traditionnelle de fin 1636 paraît devoir être abandonnée. M. Adam (*Histoire de la littérature française au XVIIe siècle*, I, 1956, p. 507) propose celle du 4 janvier 1637. — 4. Voir la chronologie, p. 6 et suiv.; voir aussi la liste des œuvres, p. 13. — 5. Voir p. 120 les textes relatifs à la question. — 6. Voir l'*Étude de la pièce*, p. 122. — 7. Voir A. Adam, *Histoire de la littérature française au XVIIe siècle*, I, p. 446.

Voilà pourquoi, à côté de l'enthousiasme du public parisien, on vit s'exprimer les réserves des doctes. Ce fut la Querelle.

2. La querelle du « Cid »

On ne croit plus que Corneille ait été la victime d'un Richelieu inspiré par une jalousie d'auteur ou l'inquiétude de voir représenter, sur la scène, des grands seigneurs trop indépendants. La malveillance des confrères, le caractère de Corneille, les mœurs littéraires expliquent la violence de cette querelle. Le point de départ en fut la publication d'une *Excuse à Ariste* qui n'était d'ailleurs que l'adaptation d'une *Excusatio* latine adressée par Corneille, en 1633, à l'archevêque de Rouen qui lui avait demandé des vers en l'honneur de Louis XIII et de Richelieu. Mais ses ennemis ne pouvaient qu'attribuer à l'orgueil, suscité par le succès récent, des vers comme ceux-ci :

> Je sais ce que je vaux et crois ce qu'on m'en dit.
> Mon travail sans appui monte sur le théâtre [...]
> Je ne dois qu'à moi seul toute ma renommée,
> Et pense toutefois n'avoir point de rival
> A qui je fasse tort en le traitant d'égal.

A cette superbe, Mairet répondit par un pamphlet, *l'Auteur du vrai Cid espagnol à son traducteur français*, où l'on peut lire, en particulier :

> Ingrat, rends-moi mon *Cid* jusques au dernier mot.
> Après tu connaîtras, Corneille déplumé,
> Que l'esprit le plus vain est souvent le plus sot,
> Et qu'enfin tu me dois toute ta renommée.

Voilà qui donne une idée du niveau où monta l'invective ; il y en eut de plus violentes, et Corneille lui-même ne le céda en rien à ses adversaires.

L'*Excuse à Ariste* était de fin février. Le 1er avril parurent les *Observations sur le Cid* de Scudéry. Il y était dit que le sujet ne valait rien, qu'il choquait les principales règles du poème dramatique, qu'il manquait de plan, que la pièce contenait beaucoup de méchants vers, que presque tout ce qu'elle offrait de beautés était emprunté. Corneille répliqua par une *Lettre apologétique* dont le moins qu'on puisse dire est qu'elle n'était pas conciliante. C'est alors qu'à la demande de Scudéry Richelieu fit intervenir l'Académie. Au début, il n'était pas mal disposé à l'égard de Corneille dont le père venait d'être anobli (24 mars 1637). Mais la hauteur avec laquelle le poète avait reçu les critiques avait peut-être irrité le cardinal, et puis il n'était sans doute pas mécontent de faire jouer à l'Académie un des rôles pour lesquels elle avait été fondée. Il pria Chapelain, qui avait été chargé d'exprimer l'opinion de la Compagnie, de durcir son jugement. Ainsi les *Sentiments de l'Académie sur le Cid* ne parurent qu'à la fin de l'année. Déjà, d'ailleurs, Richelieu était intervenu pour que cessât une querelle qui, en se prolongeant, devenait un simple commerce d'injures.

On n'entrera pas dans le détail des *Lettres*, *Réponses* et *Avertissements* échangés, auxquels la littérature n'a rien gagné, ni le bon goût.

Pour l'histoire, il reste les *Observations* de Scudéry et les *Sentiments* de l'Académie.

Chez Scudéry, la critique est excessive et souvent malveillante; elle est plus nuancée chez Chapelain. Mais, dans la mesure où l'un et l'autre montrent un souci très vif des diverses « règles » qui vont fonder la doctrine classique, ces deux ouvrages ont la valeur d'un document historique. Laissons de côté l'accusation de plagiat qui ne devait pas paraître beaucoup moins ridicule en 1637 qu'elle le paraît aujourd'hui. Mais les autres critiques, même quand elles sont inspirées par le désir de nuire, vont dans le sens des sévères disciplines de l'art classique : recherche du vraisemblable fondé sur la raison ou l'autorité de l'histoire; souci des bienséances; simplicité de l'action et enchaînement rigoureux des parties selon une progression dramatique; distinction des genres; enfin pureté de la langue.

Si large qu'on fasse la part de la sottise et de la jalousie, il est certain, à en juger par les modifications que Corneille a fait subir à son texte[1], que les critiques servirent à discipliner son art, à l'engager dans une voie qui n'était pas la sienne. Sainte-Beuve le précise en ces termes :

« La querelle du *Cid*, en l'arrêtant dès son premier pas, en le forçant de revenir sur lui-même et de confronter son œuvre avec les règles, lui dérangea pour l'avenir cette croissance prolongée et pleine de hasards, cette sorte de végétation sourde et puissante à laquelle la nature semblait l'avoir destiné. Il s'effaroucha, il s'indigna d'abord des chicanes de la critique; mais il réfléchit beaucoup intérieurement aux règles et préceptes qu'on lui imposait et il finit par s'y accommoder et par y croire. »

3. Les raisons d'un succès durable

Parlant des reproches que lui ont faits les doctes, Corneille dit, dans l'*Examen* (voir p. 113, l. 2) : « La plupart [des auditeurs du poème] n'ont pas voulu voir les défauts de sa conduite, et ont laissé enlever leurs suffrages au plaisir que leur a donné sa représentation. »

---

1. Comme on peut le voir par l'importance des variantes dans l'édition de 1660.

Après plus de trois cents ans, les critiques de Scudéry et de Chapelain n'ont plus qu'un intérêt historique. Au contraire, comme l'a montré récemment l'éclatante reprise par le Théâtre National Populaire, le public éprouve encore le « frémissement » dont parle Corneille. Pourquoi ? Il suffit de lire l'*Examen* du *Cid*.

D'abord, une situation romanesque par excellence (l. 13) : « Une maîtresse que son devoir force à poursuivre la mort de son amant, qu'elle tremble d'obtenir, a les passions plus vives et plus allumées que tout ce qui peut se passer entre un mari et sa femme, une mère et son fils, un frère et sa sœur. » Ajoutons cet autre élément de romanesque, largement utilisé par la romance et, plus tard, le roman-feuilleton, le cinéma : une fille de roi soupirant pour un jeune homme qui n'est pas de sang royal. Enfin, une victoire sur les ennemis, un adversaire tué en duel, l'autre généreusement épargné; et toujours le souci, chez le héros, de se soumettre à la volonté de celle qu'il aime.

D'autre part, la force des caractères (l. 17), « la haute vertu dans un naturel sensible à ces passions, qu'elle [Chimène] dompte sans les affaiblir, et à qui elle laisse toute leur force pour en triompher plus glorieusement. »

Enfin, ce qui paraît faire, encore aujourd'hui, beaucoup pour le succès du *Cid*, c'est ce que Corneille appelle (l. 1) les « pensées brillantes dont il est semé »; par quoi il faut entendre non seulement les vers « frappés comme des médailles », mais aussi ces morceaux de bravoure que Mme de Sévigné jugeait « transportants » et qui, plus encore peut-être que la vigueur des caractères et l'intensité du mouvement dramatique, contribuent à donner au *Cid* une étonnante jeunesse.

Mais tout cela ne suffirait pas. En effet, si les grandes œuvres arrivent à vaincre le temps, c'est surtout parce qu'elles sont vraies. Ici, cette impression de vérité est d'autant plus remarquable que la littérature de l'époque baignait dans le romanesque précieux et que les lois mêmes de la tragédie obligeaient l'auteur à aller, comme il dira lui-même plus tard, « au-delà du vraisemblable ».

Certes, les circonstances du drame sont extraordinaires et les caractères « hors de l'ordre commun ». Mais les héros appartiennent à un milieu dont ils subissent les lois, ils affrontent de vraies difficultés et leurs triomphes sont encore à l'échelle de l'homme. Poussée à bout, Chimène ne trouvera plus, pour convaincre Rodrigue, que ce cri (v. 1556) :

> Sors vainqueur d'un combat dont Chimène est le prix.

C'est le moment où l'héroïne nous émeut le plus par l'aveu de son échec, échec qui est signe de vérité.

Loin de croire aujourd'hui, avec Brunetière et Lanson, que, chez ces héros, la volonté triomphe de tous les sentiments, nous dirions plus volontiers, avec Voltaire, qu' « on ne connaissait point encore, avant *le Cid* de Corneille, ce combat des passions qui déchire le cœur et devant lequel toutes les autres beautés de l'art ne sont que des beautés inanimées ».

4. Les sources et l'adaptation au goût du temps

Corneille cite ses sources dans l'*Avertissement* (voir p. 21, l. 10) : un drame de l'écrivain espagnol Guilhem de Castro, joué à Madrid en 1618, *las Mocedades del Cid*, « la Jeunesse du Cid ». Un M. de Chalon, ancien secrétaire des commandements de la reine, lui avait-il fait lire ce drame et suggéré le sujet de sa pièce ? On ne le croit plus guère aujourd'hui, et d'ailleurs peu importe. L'essentiel est de voir quelques-unes des modifications que Corneille a fait subir au drame espagnol pour le plier aux règles et l'adapter au goût de ses contemporains.

Le personnage mis en scène est un personnage historique : Ruy Diaz de Bivar (1030-1099) qui servit Ferdinand Ier de Castille, puis ses fils Sanche et Alphonse VI. Banni par ce dernier, il se battit tour à tour pour les chrétiens et contre eux ; à la fin de sa vie, il défendit le royaume de Valence contre les Mores ; il devint ainsi un héros de la Reconquête.

Ses exploits ont été chantés dans une chanson de geste dès le milieu du XIIe siècle, puis au cours du XIIIe, en particulier dans *la Chanson de Rodrigue*, enfin dans les *romances* des XVe et XVIe siècles. C'est dans ce *Romancero del Cid* que Guilhem de Castro puisa l'essentiel de son inspiration.

Le drame espagnol dure trois ans. Les vingt-quatre heures, l'unité de lieu, un sens plus exigeant du mouvement dramatique ont conduit Corneille à supprimer de nombreux épisodes, entre autres la cérémonie où Rodrigue est armé chevalier, l'épreuve de courage que don Diègue outragé fait subir à ses trois fils pour voir lequel sera capable de le venger, la lutte de Rodrigue contre les gens du Comte qu'il vient de tuer, les adieux de l'Infante à Rodrigue partant pour la guerre, l'exil de celui-ci et sa rencontre avec un lépreux qu'il réconforte et qu'il aperçoit en songe, transfiguré en saint Lazare...

Les bienséances ont fait modifier ou supprimer des scènes d'une violence excessive :

Dans le drame espagnol, c'est en présence du roi que le Comte outrage Don Diègue ; ce trait d'indépendance féodale aurait été jugé trop fort au temps de Richelieu ;

Don Diègue, pour éprouver son fils, lui mord le doigt ; Corneille se contente de l'affront moral (*Rodrigue, as-tu du cœur ?* voir p. 42, n. 7) ;

enfin Rodrigue tue le Comte en présence de Chimène, et le mariage, dont Corneille s'est contenté de « jeter quelque idée », a lieu immédiatement dans le drame espagnol.

Dernière remarque : chez Guilhem de Castro, un berger poltron fait le récit de la bataille, perché sur un arbre; la distinction des genres interdisait à Corneille de représenter un épisode burlesque.

5. Les éditions du « Cid »

Le privilège du 21 janvier 1637 fut obtenu pour *le Cid*, *tragi-comédie*. A partir de l'édition de 1648 *(Œuvres complètes)*, à l'occasion de laquelle Corneille composa un *Avertissement* (voir p. 21-25), la pièce fut nommée *tragédie*, mais le texte contenait peu de modifications. Au contraire, l'édition de 1660 présente de nombreuses variantes qui tiennent compte du goût du moment, en ce qui concerne les bienséances et la pureté de la langue. L'*Examen* constate cette évolution du goût : voir p. 113.

6. Les modifications à la représentation

Au XVIIIᵉ siècle, le *Cid* fut joué d'après un texte d'où avaient été retranchés les rôles de l'Infante et de Léonor; de plus, on avait supprimé la scène 1 de l'acte I, de façon que la pièce s'ouvrît sur la scène (I, 3) entre Don Diègue et le Comte. Voltaire a protesté contre cette modification (voir p. 33) et contre la suppression de la tirade (V, 2, v. 1559-1564) : « Paraissez Navarrais... »

7. Ouvrages à consulter

Ch. Marty-Laveaux, *Œuvres* en 12 vol., 1862-1868.
G. Lanson, *Corneille*, 1898.
Ch. Péguy, *Victor-Marie comte Hugo*, 1910.
Ch. Péguy, *Note conjointe sur M. Descartes*, 1914.
J. Schlumberger, *Plaisir à Corneille*, 1936.
L. Rivaille, *les Débuts de P. Corneille*, 1936.
R. Brasillach, *Corneille*, 1938.
L. Lemonnier, *Corneille*, 1945.
O. Nadal, *Le sentiment de l'amour dans l'œuvre de Pierre Corneille*, 1948.
G. Couton, *Réalités dans « le Cid »*, 1953.
Louis Herland, *Corneille par lui-même*, 1954.
A. Adam, *Histoire de la littérature française au XVIIᵉ siècle*, 1948-1956, tome I.
G. Reynier, *le Cid* (s. d.).
Georges Couton, *Corneille*, 1960.
M. Descotes, *les Grands Rôles du théâtre de Corneille*, 1962.
Serge Doubrovsky, *Corneille et la dialectique du héros*, 1963.

AVERTISSEMENT[1]

« Avia pocos dias antes hecho campo con D. Gomez, conde de Gormaz. Venciòle y diòle la muerte. Lo que resultò de este caso, fué que
casò con doña Ximena, hija y heredera del mismo conde. Ella misma
requiriò al Rey que se le diesse por marido, ca estaba muy prendada
de sus partes, o le castigasse conforme a las leyes, por la muerte que   5
diò a su padre. Hizòse el casamiento, que a todos estaba a cuento, con
el qual por el gran dote de su esposa, que se allegò al estado que el
tenia de su padre, se aumentò en poder y riquezas » (MARIANA, Lib. IXº
de *Historia d'España*, vᵉ) [2].

Voilà ce qu'a prêté l'histoire à D. Guillen de Castro, qui a mis ce   10
fameux événement sur le théâtre avant moi. Ceux qui entendent l'espagnol y remarqueront deux circonstances : l'une, que Chimène, ne
pouvant s'empêcher de reconnaître et d'aimer les belles qualités qu'elle
voyait en don Rodrigue, quoiqu'il eût tué son père *(estaba prendada
de sus partes)*, alla proposer elle-même au roi cette généreuse alter-   15
native, ou qu'il le lui donnât pour mari, ou qu'il le fît punir suivant
les lois ; l'autre, que ce mariage se fit au gré de tout le monde *(a todos
estaba a cuento)*. Deux chroniques du Cid ajoutent qu'il fut célébré
par l'archevêque de Séville, en présence du Roi et de toute sa cour ;
mais je me suis contenté du texte de l'historien, parce que toutes les   20
deux ont quelque chose qui sent le roman, et peuvent ne persuader
pas davantage que celles que nos Français ont faites de Charlemagne
et de Roland. Ce que j'ai rapporté de Mariana suffit pour faire voir
l'état [3] qu'on fit de Chimène et de son mariage dans son siècle même,
où elle vécut en un tel éclat que les rois d'Aragon et de Navarre tinrent   25
à honneur d'être ses gendres [4], en épousant ses deux filles. Quelques-
uns ne l'ont pas si bien traitée dans le nôtre : et sans parler de ce qu'on
a dit de la Chimène du théâtre, celui qui a composé l'histoire d'Espagne
en français [5] l'a notée [6] dans son livre de s'être tôt et aisément consolée
de la mort de son père, et a voulu taxer de légèreté une action qui   30
fut imputée à grandeur de courage [7] par ceux qui en furent les témoins.
Deux romances espagnols [8], que je vous donnerai ensuite de [9] cet

---

1. La première édition dans laquelle il figure est celle de 1648. — 2. *Quelques jours
auparavant, il avait eu un duel avec don Gomez, comte de Gormaz. Il le vainquit et lui donna
la mort. Ce qui résulta de cet événement fut qu'il épousa Doña Chimène, fille et héritière
de ce comte. Elle demanda elle-même au roi qu'il le lui donnât pour mari, car elle était très
éprise de ses qualités, ou le châtiât conformément aux lois pour avoir donné la mort à son
père. Le mariage qui faisait plaisir à tous s'accomplit et ainsi, grâce à la dot importante de
son épouse qui s'ajouta aux biens qu'il tenait de son père, il grandit en pouvoir et en richesse.*
(Mariana, 1535-1624, *Histoire d'Espagne*.) — 3. Le cas. — 4. Le Cid était roi à Valence.
— 5. Loys de Mayerne-Turquet, *Histoire générale d'Espagne*, 1587. — 6. Blâmée. —
7. Regardée comme une marque de la grandeur du courage. — 8. *Romance* est masculin
en espagnol et le reste en français quand il désigne ces poèmes lyriques, où se trouvent
réunies les légendes nationales. — 9. A la suite de.

Avertissement, parlent encore plus en sa faveur. Ces sortes de petits poèmes sont comme des originaux décousus [1] de leurs anciennes histoires; et je serais ingrat envers la mémoire de cette héroïne, si, après l'avoir fait connaître en France et m'y être fait connaître par elle, je tâchais de la tirer de la honte qu'on lui a voulu faire, parce qu'elle a passé par mes mains. Je vous donne donc ces pièces justificatives de la réputation où elle a vécu, sans dessein de justifier la façon dont je l'ai fait parler français. Le temps l'a fait pour moi, et les traductions qu'on en a faites en toutes les langues qui servent aujourd'hui à la scène, et chez tous les peuples où l'on voit des théâtres, je veux dire en italien, flamand et anglais [2], sont d'assez glorieuses apologies contre tout ce qu'on en a dit. Je n'y ajouterai pour toute chose qu'environ une douzaine de vers espagnols qui semblent faits exprès pour la défendre. Ils sont du même auteur qui l'a traitée avant moi, D. Guillen de Castro, qui, dans une autre comédie qu'il intitule *Engañarse engañando* [3], fait dire à une princesse de Béarn :

A mirar
bien el mundo, que el tener
apetitos que vencer,
y ocasiones que dexar,
    Examinan el valor
en la muger, yo dixera
lo que siento, porque fuera
luzimiento de mi honor.

Pero malicias fundadas
en honras mal entendidas
de tentaciones vencidas
hacen culpas desclaradas:
    Y asi, la que el desear
con el resistir apunta,
vence dos veces, si junta
con el resistir el callar [4].

C'est, si je ne me trompe, comme agit Chimène dans mon ouvrage, en présence du Roi et de l'Infante. Je dis en présence du Roi et de l'Infante, parce que, quand elle est seule, ou avec sa confidente, ou avec son amant [5], c'est une autre chose. Ses mœurs sont inégalement égales, pour parler en termes de notre Aristote [6], et changent suivant les circonstances des lieux, des personnes, des temps et des occasions, en conservant toujours le même principe.

Au reste, je me sens obligé de désabuser le public de deux erreurs qui s'y sont glissées touchant cette tragédie, et qui semblent avoir été autorisées par mon silence. La première est que j'aie convenu de juges touchant son mérite, et m'en sois rapporté au sentiment de ceux qu'on a priés d'en juger. Je m'en tairais encore, si ce faux bruit n'avait été jusque chez M. de Balzac dans sa province, ou, pour me servir de

---

1. Caractère essentiel de ces *romances*, d'abord transmis par tradition orale. — 2. L'édition anglaise est de 1637 ; il y eut même une traduction espagnole de Diamante qui, à l'époque de Voltaire encore, passait pour une des sources de Corneille. — 3. *Se tromper en trompant*, 1625. — 4. *Si le monde a raison de dire que ce qui éprouve le mérite d'une femme c'est d'avoir des désirs à vaincre, des occasions à rejeter, je n'aurai ici qu'à exprimer ce que je sens, mon honneur n'en deviendra que plus éclatant. Mais une malignité qui se prévaut de notions d'honneur mal entendues convertit volontiers en un aveu de faute ce qui n'est que la tentation vaincue. Dès lors, la femme qui désire et résiste également vaincra deux fois, si en résistant elle sait encore se taire* (trad. Marty-Laveaux). — 5. Voir p. 31, n. 11. — 6. Aristote *(Poétique)* a écrit : « également inégal ».

ses paroles mêmes, dans son désert [1], et si je n'en avais vu depuis peu les marques dans cette admirable lettre [2] qu'il a écrite sur ce sujet, et qui ne fait pas la moindre richesse des deux derniers trésors qu'il nous a donnés. Or comme tout ce qui part de sa plume regarde toute la postérité, maintenant que mon nom est assuré de passer jusqu'à elle dans cette lettre incomparable, il me serait honteux qu'il y passât avec cette tache, et qu'on pût à jamais me reprocher d'avoir compromis de [3] ma réputation. C'est une chose qui jusqu'à présent est sans exemple; et de tous ceux qui ont été attaqués comme moi, aucun que je sache n'a eu assez de faiblesse pour convenir d'arbitres avec ses censeurs; et s'ils ont laissé tout le monde dans la liberté publique d'en juger, ainsi que j'ai fait, ç'a été sans s'obliger, non plus que moi, à en croire personne; outre que dans la conjoncture où étaient lors des affaires du *Cid*, il ne fallait pas être grand devin pour prévoir ce que nous en avons vu arriver. A moins que d'être tout à fait stupide, on ne pouvait pas ignorer que comme les questions de cette nature ne concernent ni la religion ni l'État, on en peut décider par les règles de la prudence humaine, aussi bien que par celles du théâtre, et tourner sans scrupule le sens du bon Aristote du côté de la politique [4]. Ce n'est pas que je sache si ceux qui ont jugé du *Cid* en ont jugé suivant leur sentiment ou non, ni même que je veuille dire qu'ils en aient bien ou mal jugé, mais seulement que ce n'a jamais été de mon consentement qu'ils en ont jugé, et que peut-être je l'aurais justifié sans beaucoup de peine, si la même raison [5] qui les a fait parler ne m'avait obligé à me taire. Aristote ne s'est pas expliqué si clairement dans sa *Poétique* que nous n'en puissions faire ainsi que les philosophes, qui le tirent chacun à leur parti dans leurs opinions contraires; et comme c'est un pays inconnu pour beaucoup de monde, les plus zélés partisans du *Cid* en ont cru ses censeurs sur leur parole et se sont imaginé avoir pleinement satisfait à toutes leurs objections, quand ils ont soutenu qu'il importait peu qu'il fût selon les règles d'Aristote, et qu'Aristote en avait fait pour son siècle et pour des Grecs, et non pas pour le nôtre et pour des Français.

Cette seconde erreur, que mon silence a affermie, n'est pas moins injurieuse à [6] Aristote qu'à moi. Ce grand homme a traité la poétique avec tant d'adresse et de jugement que les préceptes qu'il nous en a laissés sont de tous les temps et de tous les peuples; et bien loin de s'amuser [7] au détail des bienséances et des agréments, qui peuvent être divers selon que ces deux circonstances sont diverses [8], il a été

---

1. Louis-Guez de Balzac (1597-1654) nommait ainsi sa maison de campagne, près d'Angoulême. — 2. Scudéry avait envoyé ses *Sentiments* à Balzac qui lui répondit dans une lettre d'abord publiée par Scudéry lui-même en 1637, puis dans les *Lettres choisies du Sieur de Balzac* (2 vol.) en 1647. Voir des extraits de cette lettre p. 121. — 3. Une partie de. — 4. Habiletés dont on se sert pour arriver à ses fins. — 5. Une intervention du cardinal. — 6. Pour. — 7. Perdre son temps. — 8. Selon la diversité de ces deux circonstances : le *temps* et *les peuples* (l. 98).

droit aux mouvements de l'âme, dont la nature ne change point. Il a montré quelles passions la tragédie doit exciter dans celles de ses auditeurs; il a cherché quelles conditions sont nécessaires, et aux personnes qu'on introduit, et aux événements qu'on représente, pour les y faire naître; il en a laissé des moyens qui auraient produit leur [105] effet partout dès la création du monde, et qui seront capables de le produire encore partout, tant qu'il y aura des théâtres et des acteurs; et pour le reste, que les lieux et les temps peuvent changer, il l'a négligé, et n'a pas même prescrit le nombre des actes, qui n'a été réglé que par Horace [1] beaucoup après lui. [110]

Et certes, je serais le premier qui condamnerais *le Cid*, s'il péchait contre ces grandes et souveraines maximes que nous tenons de ce philosophe; mais bien loin d'en demeurer d'accord, j'ose dire que cet heureux poëme n'a si extraordinairement réussi que parce qu'on y voit les deux maîtresses conditions (permettez-moi cet épithète [2]), [115] que demande ce grand maître aux excellentes tragédies, et qui se trouvent si rarement assemblées dans un même ouvrage qu'un des plus doctes commentateurs [3] de ce divin traité qu'il en a fait, soutient que toute l'antiquité ne les a vues se rencontrer que dans le seul *Œdipe* [4]. La première est que celui qui souffre et est persécuté ne [120] soit ni tout méchant ni tout vertueux, mais un homme plus vertueux que méchant, qui par quelque trait de faiblesse humaine qui ne soit pas un crime, tombe dans un malheur qu'il ne mérite pas; l'autre, que la persécution et le péril ne viennent point d'un ennemi, ni d'un indifférent, mais d'une personne qui doive aimer celui qui souffre [125] et en être aimée. Et voilà, pour en parler sainement, la véritable et seule cause de tout le succès du *Cid*, en qui l'on ne peut méconnaître ces deux conditions, sans s'aveugler soi-même pour lui faire injustice. J'achève donc en m'acquittant de ma parole; et après vous avoir dit en passant ces deux mots pour le Cid du théâtre, je vous donne, en faveur [130] de la Chimène de l'histoire, les deux romances que je vous ai promis [5].

ROMANCE PRIMERO

Delante el rey de Leon
doña Ximena una tarde
se pone a pedir justicia
por la muerte de su padre.
  Para contra el Cid la pide,
don Rodrigo de Bivare,
que huerfana la dexó,
niña, y de muy poca edade.
  Si tengo razon, o non,
bien, rey, lo alcanzas y sabes,

que los negocios de honra
no pueden disimularse.
  Cada dia que amanece,
veo al lobo de mi sangre,
caballero en un caballo,
por darme mayor pesare.
  Mandale, buen rey, pues puedes
que no me ronde mi calle :
que no se venga en mugeres
el hombre que mucho vale.

---

1. Dans l'*Art poétique*, v. 189-190. — 2. Le mot est alors masculin. — 3. Le philosophe italien Robortello qui avait publié, en 1548, une édition de la *Poétique* d'Aristote. — 4. *Œdipe-roi*, tragédie de Sophocle. — 5. Voir p. 21, ligne 32.

Si mi padre afrentó al suyo,
bien ha vengado á su padre,
que si honras pagaron muertes,
para su disculpa basten.
   Encomendada me tienes,
no consientas que me agravien,
que el que á mi se fiziere.
á tu corona se faze.
   — Calledes, doña Ximena,
que me dades pena grande,
que yo daré buen remedio
para todos vuestros males.

Al Cid no le he de ofender,
que es hombre que mucho vale
y me defiende mis reynos,
y quiero que me los guarde
   Pero yo faré un partido
con el, que no os este male.
de tomalle la palabra
para que con vos se case.
   Contenta quédo Ximena
con la merced que le faze
que quien huerfana la fizó
aquesse mismo la ampare.

ROMANCE SEGUNDO

A Ximena y a Rodrigo
prendió el rey palabra y mano
de juntarlos, para en uno
en presencia de Layn Calvo.
   Las enemistades viejas
con amor se conformaron,
que donde preside amor
se olvidan muchos agravios...
   Llegaron juntos los novios,
y al dar la mano, y abraço,
el Cid mirando a la novia,
le dixo todo turbado :

Maté a tu padre, Ximena,
pero no a desaguisado,
matéle de hombre à hombre,
para vengar cierto agravio.
   Maté hombre, y hombre doy
aqui estoy a tu mandado,
y en lugar del muerto padre
cobraste un marido honrado.
   A todos pareció bien;
su discrecion alabaron,
y asi se hizieron las bodas
de Rodrigo el Castellano.

PREMIER ROMANCE — *Devant le roi de Léon, doña Chimène vint un soir demander justice touchant la mort de son père. Elle demande justice contre le Cid, don Rodrigue de Bivar, qui la rendit orpheline lorsqu'elle était encore tout enfant.*
  « — Si j'ai raison ou non, vous le savez du reste, ô roi Ferdinand, car les affaires d'honneur ne se peuvent cacher. Chaque jour qui luit, je vois le cruel qui a versé mon sang chevauchant à cheval sous mes yeux pour ajouter à mon chagrin. Ordonnez-lui, bon roi, car vous le pouvez, qu'il ne rôde pas sans cesse dans ma rue ; car un homme de grande valeur ne doit pas se venger sur des femmes. Que si mon père outragea le sien, il a bien vengé son père, et il lui doit suffire qu'une mort ait payé son honneur. Je suis placée sous votre protection, ne souffrez pas que l'on m'insulte ; car tout outrage que l'on me fait, on le fait à votre couronne.
  — Taisez-vous, doña Chimène, car vous m'affligez grandement, et je trouverai un bon remède à tous vos maux. Je ne puis faire aucun tort au Cid, car il est un homme qui vaut beaucoup ; il me défend mes royaumes et je veux qu'il me les garde. Mais je ferai avec lui un arrangement qui ne vous sera pas mauvais ; je lui demanderai sa parole pour qu'il se marie avec vous. »
  Chimène demeura contente de la grâce qui lui était accordée. et que celui qui l'avait rendue orpheline devînt son soutien.

SECOND ROMANCE — *De Rodrigue et de Chimène le roi prit la parole et la main afin de les unir tous deux en présence de Layn Calvo. Les anciennes inimitiés s'apaisèrent dans l'amour, car où préside l'amour bien des injures s'oublient [...] Les fiancés arrivèrent ensemble, et au moment de donner à la mariée sa main et le baiser, le Cid, la regardant, lui dit tout ému :*
  « J'ai tué ton père, Chimène, mais non en trahison, je l'ai tué d'homme à homme pour venger une injure trop réelle. J'ai tué un homme et je te donne un homme ; me voici à tes ordres, et en place d'un père mort tu as acquis un époux honoré. »
  Cela parut bien à tous, on loua son esprit, et ainsi se firent les noces de Rodrigue le Castillan.

   (Traduction Damas-Hinard, Romancero espagnol, t. II.)

SCHÉMA DE LA TRAGI-COMÉDIE

Plus simple que le drame espagnol, la pièce n'a pas l'unité de la tragédie classique : souvent, les scènes ne sont pas liées et la tragédie de l'Infante côtoie sans cesse celle de Chimène.

I, 1. *Chez Chimène*. De deux prétendants, Chimène préfère Rodrigue que le Comte estime. Don Diègue, père de Rodrigue, doit demander la main de Chimène après le Conseil où sera nommé le gouverneur du prince. Craintes de Chimène.	2. *Chez l'Infante*. L'Infante aime Rodrigue; son rang lui interdisant de l'épouser, elle l'a rapproché de Chimène. Ce mariage, si douloureux pour l'Infante, apaisera ses tourments.	**Exposition**

3. Le Comte et don Diègue sortent du Conseil; don Diègue a été nommé; le Comte lui donne un soufflet.

4, 5. 6. Désespoir de don Diègue; il confie sa vengeance à Rodrigue, qui hésite; le duel aura-t-il lieu ?

Le drame se déclenche

II, 1, 2. *Sur la place publique*. Le Comte refuse une réparation. Rodrigue le défie.

3, 4. *Chez l'Infante*. L'Infante réconforte Chimène mais, si Rodrigue se venge, Chimène le perd ; s'il ne se venge pas, elle le méprise. L'Infante empêchera le duel, mais les deux hommes sont sortis se querellant. Chimène s'enfuit.

5. L'Infante reprend espoir : ce combat éloigne Rodrigue de Chimène et fait présager une valeur qui le rendra digne d'une princesse.

En attendant l'inévitable

6. *Chez le roi*. Le Comte a refusé réparation; don Sanche, amoureux de Chimène, le justifie; le roi le fait taire; d'ailleurs, les Mores sont là.

7. Le Comte est mort, Chimène vient demander justice.

8. Elle accuse; don Diègue riposte. Décision remise. Rodrigue est-il coupable ? Chimène l'emportera-t-elle ?

Le drame est noué

III, 1. *Chez Chimène*. Rodrigue vient offrir sa vie à Chimène. Celle-ci est au palais ; Elvire le fait cacher.

2. Chimène arrive avec don Sanche qui lui offre son épée; il faut attendre la décision du roi.

L'acte de Chimène

    3. Chimène est déchirée entre deux devoirs.

    4. Rodrigue, apparaissant, lui offre sa vie; elle attend réparation d'un combat régulier. Ils s'aiment mais suivront leur devoir.

5, 6. *Dans la rue.* Don Diègue, trouvant enfin Rodrigue, lui dit sa joie; mais les Mores sont là. Que va-t-il advenir de Rodrigue ?

IV,	1. *Chez Chimène.* Elvire annonce le triomphe de Rodrigue. Chimène fera son devoir, malgré tout.	2. L'Infante lui dit qu'on ne poursuit pas le sauveur de la patrie. En vain.	**L'acte de Rodrigue** L'attente du vainqueur.

    3. *Chez le roi.* Le roi exalte Rodrigue qui raconte la bataille.

    Le triomphe de Rodrigue.

4, 5. Chimène vient demander justice. Le roi lui annonce faussement la mort de Rodrigue. Elle s'évanouit, puis demande justice et le roi consent à un duel avec don Sanche. Chimène épousera le vainqueur. Qui sera-t-il ?

V,	1. *Chez Chimène.* Rodrigue vient offrir sa vie. En désespoir de cause, Chimène lui rappelle qu'elle est le prix du combat. Il se défendra.	2, 3. *Chez l'Infante.* L'Infante se désespère : Rodrigue est devenu digne d'elle; par devoir, elle le laissera à Chimène.	**L'acte du roi**

4, 5. *Chez Chimène.* Chimène craint l'issue du combat : son cœur l'éloigne de don Sanche; son devoir, de Rodrigue. Don Sanche apporte l'épée de Rodrigue. Chimène se désespère.

    6. *Chez le roi.* Se croyant libérée par la mort de Rodrigue, elle demande au roi de ne pas l'obliger à épouser don Sanche. Mais Rodrigue n'est pas mort; elle doit obéir à la loi qu'elle a acceptée.

    7. L'Infante lui donne, une seconde fois, Rodrigue : v. 1773-1774.

    Rodrigue offre, une dernière fois, sa vie à Chimène; elle ne le hait pas et doit obéir au roi. Que celui-ci ne lui impose pas un mariage odieux. Rodrigue ira combattre et le temps rendra possible ce qui ne l'est pas encore.

Dénouement

A MADAME DE COMBALET[1]

MADAME,

Ce portrait vivant que je vous offre représente un héros assez recon-naissable aux lauriers dont il est couvert. Sa vie a été une suite conti-nuelle de victoires; son corps, porté dans son armée, a gagné des batailles après sa mort; et son nom, au bout de six cents ans, vient encore de triompher en France. Il y a trouvé une réception trop favorable pour se repentir d'être sorti de son pays et d'avoir appris à parler une autre langue que la sienne. Ce succès a passé mes plus ambitieuses espé-rances, et m'a surpris d'abord[2]; mais il a cessé de m'étonner depuis que j'ai vu la satisfaction que vous avez témoignée quand il a paru devant vous. Alors j'ai osé me promettre de lui tout ce qui en est arrivé, et j'ai cru qu'après les éloges dont vous l'avez honoré, cet applaudissement universel ne lui pouvait manquer. Et véritablement, Madame, on ne peut douter avec raison de ce que vaut une chose qui a le bonheur de vous plaire : le jugement que vous en faites est la marque assurée de son prix; et comme vous donnez toujours libéralement aux véritables beautés l'estime qu'elles méritent, les fausses n'ont jamais le pouvoir de vous éblouir. Mais votre générosité ne s'arrête pas à des louanges stériles pour les ouvrages qui vous agréent; elle prend plaisir à s'étendre utilement sur ceux qui les produisent, et ne dédaigne point d'employer en leur faveur ce grand crédit que votre qualité et vos vertus vous ont acquis. J'en ai ressenti des effets[3] qui me sont trop avanta-geux pour m'en taire, et je ne vous dois pas moins de remercîments pour moi que pour *le Cid*. C'est une reconnaissance qui m'est glorieuse, puisqu'il m'est impossible de publier que je vous ai de grandes obli-gations, sans publier en même temps que vous m'avez assez estimé pour vouloir que je vous en eusse. Aussi, Madame, si je souhaite quel-que durée pour cet heureux effort de ma plume, ce n'est point pour apprendre mon nom à la postérité, mais seulement pour laisser des marques éternelles de ce que je vous dois, et faire lire à ceux qui naî-tront dans les autres siècles la protestation que je fais d'être toute ma vie,

MADAME,

Votre très humble, très obéissant
et très obligé serviteur,
CORNEILLE.

---

1. Mme de Combalet, plus tard duchesse d'Aiguillon, était une nièce du cardinal de Richelieu sur lequel elle eut une grande influence. — 2. Voir, p. 120, quelques mots de Pellisson qui nous donnent une idée de ce succès. — 3. Il se peut qu'il y ait là une allusion à l'anoblissement tout récent du père de Corneille : voir p. 7, à la date 1636-1637.

Michel Etcheverry
et
François Beaulieu
Comédie-Française 1977

T.N.P. 1951
Mise en scène
Jean Vilar
Gérard Philipe
(RODRIGUE)
Françoise Spira
(CHIMÈNE)

DISTRIBUTION

LES PERSONNAGES	LES ACTEURS[1]
DON FERNAND [2], premier roi de Castille.	
DOÑA URRAQUE [3], infante de Castille.	*La Beauchâteau* (d'après Scudéry).
DON DIÈGUE, père de don Rodrigue.	*Baron* (seulement vers 1650).
DON GOMÈS, comte de Gormas, père de Chimène.	
DON RODRIGUE [4], amant de Chimène.	*Mondory.*
DON SANCHE, amoureux de Chimène.	
DON ARIAS ⎱ gentilshommes DON ALONSE ⎰ castillans.	
CHIMÈNE, fille de don Gomès.	*Marguerite Béguet*, femme du sieur de Villiers; en 1682 le rôle sera tenu par la Champmeslé.

LÉONOR, gouvernante de l'Infante.
ELVIRE, gouvernante de Chimène.
UN PAGE de l'Infante.

La scène est à Séville.

Décor. En ce qui concerne le décor des premières représentations, Corneille dit lui-même, dans le *Discours des trois unités*, que ce fut un décor simultané : « *Le Cid* multiplie encore davantage les lieux particuliers sans quitter Séville; et, comme la liaison des scènes n'y est pas gardée, le théâtre, dès le premier acte, est la maison de Chimène, l'appartement de l'Infante dans le palais du Roi et la place publique; le second y ajoute la chambre du Roi; et sans doute il y a quelque excès dans cette licence.» Voir aussi ce que dit Corneille, dans l'*Examen*, (l. 173-180), sur le même sujet.

---

1. Pour les titulaires des autres rôles à la première représentation, il n'y a aucune certitude. Au XVIIᵉ s., Montfleury (1640-1685) a été l'interprète du rôle de Don Gomès. — 2. On l'appelle ordinairement Ferdinand Iᵉʳ le Grand. Il réunit les royaumes de Castille, de Léon et des Asturies, une partie de la Navarre, soumit les émirs de Saragosse et de Tolède et mourut en 1065. — 3. Personnage historique : une des deux filles du roi. — 4. Les historiens l'appellent Ruy Diaz de Bivar; don Diègue est don Diego Laynez.

LE CID

TRAGI-COMÉDIE
REPRÉSENTÉE POUR LA PREMIÈRE FOIS A PARIS
SUR LE THÉATRE DU MARAIS EN JANVIER 1637 (¹)

ACTE PREMIER

Scène première ². — CHIMÈNE, ELVIRE.

CHIMÈNE.
— Elvire, m'as-tu fait un rapport bien sincère ?
Ne déguises-tu rien de ce qu'a dit mon père ?

ELVIRE.
— Tous mes sens à ³ moi-même en sont encor charmés ⁴ :
Il estime Rodrigue autant que vous l'aimez,
⁵ Et si je ne m'abuse à lire ⁵ dans son âme,
Il vous commandera de répondre à sa flamme ⁶.

CHIMÈNE.
— Dis-moi donc, je te prie, une seconde fois
Ce qui te fait juger qu'il approuve mon choix :
Apprends-moi de nouveau quel espoir j'en ⁷ dois
[prendre ;
¹⁰ Un si charmant discours ne se ⁸ peut trop entendre ;
Tu ne peux trop promettre aux feux de notre amour
La douce liberté de se montrer au jour.
Que t'a-t-il répondu sur la secrète brigue ⁹
Que font auprès de toi don Sanche et don Rodrigue ?
¹⁵ N'as-tu point trop fait voir quelle inégalité ¹⁰
Entre ces deux amants ¹¹ me penche ¹² d'un côté ?

ELVIRE.
— Non ; j'ai peint votre cœur dans une indifférence
Qui n'enfle d'aucun d'eux ni ¹³ détruit l'espérance,

---

1. Voir p. 15, n. 3. — 2. Dans les premières éditions, la matière de cette scène était répartie en deux scènes (voir la variante p. 112). — 3. Au XVIIᵉ s., les prépositions *à* et *de* tenaient souvent lieu de prépositions plus précises. Ici, *à* équivaut à *en*. — 4. Si *charmés* a le sens actuel de *séduits*, *charmant* (v. 10) retient quelque chose du sens primitif : qui exerce une influence magique. Il suggère un sentiment plus profond que celui qu'évoque aujourd'hui le même mot, et équivaut à *enivrant*. — 5. En lisant ; tour plus fréquent au XVIIᵉ s. qu'aujourd'hui. — 6. Amour : vocabulaire de la préciosité. — 7. De ce qu'il t'a dit. — 8. Aujourd'hui, le pronom complément se place entre le verbe et l'infinitif : *ne peut trop s'entendre*. *S'entendre* est un pronominal à sens passif. — 9. Rivalité amoureuse et non, comme aujourd'hui, cabale. — 10. Inégalité d'humeur, caprice. — 11. Prétendants, sans nuance défavorable. — 12. Sens factitif : me fait pencher. — 13. La forme correcte est aujourd'hui : *ni ne*.

Et sans les voir d'un œil trop sévère ou trop doux,
20 Attend l'ordre d'un père à [1] choisir un époux.
Ce respect l'a ravi [2], sa bouche et son visage
M'en ont donné sur l'heure un digne [3] témoignage,
Et puisqu'il vous en faut encor faire un récit,
Voici d'eux et de vous ce qu'en hâte [4] il m'a dit :
25 « Elle est dans le devoir; tous deux sont dignes d'elle,
Tous deux formés d'un sang noble, vaillant, fidèle,
Jeunes, mais qui font lire aisément dans leurs yeux
L'éclatante vertu de leurs braves aïeux.
Don Rodrigue surtout n'a trait [5] en son visage
30 Qui d'un homme de cœur ne soit la haute image [6],
Et sort d'une maison si féconde en guerriers,
Qu'ils y prennent naissance au milieu des lauriers.
La valeur de son père, en son temps sans pareille,
Tant qu'a duré sa force, a passé pour merveille;
35 Ses rides sur son front ont gravé ses exploits [7],
Et nous disent encor ce qu'il fut autrefois.
Je me promets du fils ce que j'ai vu du père;
Et ma fille, en un mot, peut l'aimer et [8] me plaire. »
Il allait au Conseil, dont l'heure qui pressait
40 A tranché ce discours [9] qu'à peine il commençait;
Mais à ce peu de mots je crois que sa pensée
Entre vos deux amants [10] n'est pas fort balancée [11].
Le Roi doit à son fils élire [12] un gouverneur,
Et c'est lui que regarde [13] un tel degré d'honneur :
45 Ce choix n'est pas douteux, et sa rare vaillance [14]
Ne peut souffrir qu'on craigne aucune concurrence.
Comme ses hauts exploits le rendent sans égal,
Dans un espoir si juste il sera sans rival;
Et puisque don Rodrigue a résolu son père
50 Au sortir du Conseil à proposer l'affaire [15],
Je vous laisse à juger s'il prendra bien son temps [16],
Et si tous vos désirs seront bientôt contents [17].

---

1. Voir p. 31, n. 3. — 2. Sens fort : lui a fait éprouver un transport d'admiration. — 3. Remarquable, et non : qui mérite l'estime. — 4. Voir le v. 39. — 5. *N'a* (pas un seul) *trait*. — 6. La représentation concrète. — 7. Ce vers a été parodié par Racine dans *les Plaideurs* (1668) : « Ses rides sur son front gravaient tous ses exploits » (il s'agit ici d'*exploits* d'huissier). Corneille, dit-on, prit fort mal la plaisanterie. — 8. Et en même temps. — 9. Ces paroles (sans qu'elles aient forcément un caractère oratoire). — 10. Voir le v. 16. — 11. Hésitante. — 12. Choisir; sens étymologique (lat. *eligere*). — 13. Concerne (*lui* représente le Comte). — 14. Exceptionnelle vaillance. — 15. Ce mot n'avait pas, alors, la nuance familière qu'il a aujourd'hui et qu'il avait déjà au XVIIIe s. : Voltaire le juge « du style comique ». — 16. « Prendre son temps » signifiait, au XVIIe s. : saisir l'occasion favorable; et non, comme aujourd'hui : s'accorder des délais (voir La Fontaine, *Fables*, VII, 9, v. 21). — 17. Sens étymologique : satisfaits.

CHIMÈNE. — Il semble toutefois que mon âme troublée
Refuse cette joie et s'en trouve accablée :
55 Un moment donne au sort des visages [1] divers,
Et dans ce grand bonheur je crains un grand revers [2].

ELVIRE. — Vous verrez cette crainte heureusement déçue [3].

CHIMÈNE. — Allons, quoi qu'il en soit, en [4] attendre l'issue.

---

1. Apparences. — 2. Ces appréhensions font partie, traditionnellement, de l'art des préparations : voir *Horace*, v. 215-222, le songe de Pauline dans *Polyeucte* et celui d'Athalie. — 3. Détrompée « sans idée de douce illusion détruite » (*Dict.* de Richelet, 1680.) — 4. Du Conseil.

● **Scènes d'exposition** — Cette scène et la scène suivante sont des scènes d'exposition ; nous y verrons donc présentés :
— les circonstances qui servent de point de départ au drame ;
— les principaux personnages, une ébauche de leur caractère ;
— et, par là même, les principaux ressorts de l'action.

● **L'action** — Nous apprenons, dans cette scène :
— que Chimène aime Rodrigue (v. 4) ;
— que Rodrigue a pour rival don Sanche (v. 13-14) ;
— que le Comte estime Rodrigue (v. 29-30) et sa famille (v. 31-36) ;
— que le Conseil qui doit désigner un gouverneur pour le prince va se tenir incessamment (v. 43) et que le Comte a des titres indiscutables (v. 44) ;
— que don Diègue va demander, pour Rodrigue, la main de Chimène (v. 49-50) ;
— que l'avenir est plein de promesses (v. 52) mais non sans menaces (v. 53-56).
① En reprenant les éléments qui sont donnés dans cette scène, précisez ce qu'on appelle l'art des préparations. Montrez, en particulier, comment Corneille s'est attaché à présenter l'avenir sous un aspect favorable. Ensuite, vous apprécierez la justesse de cette critique de Voltaire à l'adresse des comédiens du XVIIIᵉ siècle qui avaient pris l'habitude de supprimer, à la représentation, les deux premières scènes : « Peut-on s'intéresser à la querelle du Comte et de don Diègue, si on n'est pas instruit des amours de leurs enfants ? L'affront que don Gormas fait à don Diègue est un coup de théâtre quand on espère qu'ils vont conclure le mariage de Chimène avec Rodrigue. »

● **Les caractères** — CHIMÈNE se soumet aux volontés de son père : v. 17-20. RODRIGUE apparaît déjà comme un homme d'une valeur exceptionnelle : v. 29-32.
LE COMTE estime Rodrigue mais a sans doute conscience de sa propre supériorité : v. 45-48.
② Montrez que les données psychologiques de cette scène sont indispensables pour l'intelligence de la suite (pensez, en particulier, à la scène 3 de l'acte I et à la scène 2 de l'acte II).
③ En comparant cette version définitive à la première rédaction (voir p. 112), montrez comment la suppression de la scène entre le Comte et Elvire accélère l'action. Est-il vrai, d'autre part, comme le pense Voltaire, que, dans la rédaction primitive, l'amour de Chimène était plus développé et le caractère du Comte déjà annoncé ?

SCÈNE II [1]. — L'INFANTE, LÉONOR, LE PAGE.

L'INFANTE. — Page, allez avertir Chimène de ma part
60 Qu'aujourd'hui pour me voir elle attend un peu tard,
Et que mon amitié se plaint de sa paresse.
(Le page rentre.)

LÉONOR. — Madame, chaque jour même désir vous presse;
Et dans son entretien [2] je vous vois chaque jour
Demander en quel point se trouve son amour [3].

L'INFANTE. 65 Ce n'est pas sans sujet : je l'ai presque forcée
A recevoir les traits [4] dont son âme est blessée.
Elle aime don Rodrigue, et le tient de ma main,
Et par moi don Rodrigue a vaincu son dédain :
Ainsi de ces amants [5] ayant formé les chaînes,
70 Je dois prendre intérêt à voir finir leurs peines.

LÉONOR. — Madame, toutefois parmi leurs bons succès [6]
Vous montrez un chagrin [7] qui va jusqu'à l'excès.
Cet amour, qui tous deux les comble d'allégresse,
Fait-il de ce grand cœur la profonde tristesse,
75 Et ce grand intérêt que vous prenez pour eux
Vous rend-il malheureuse alors qu'ils sont heureux ?
Mais je vais trop avant et deviens indiscrète.

L'INFANTE. — Ma tristesse redouble à [8] la tenir secrète.
Écoute, écoute enfin comme [9] j'ai combattu,
80 Écoute quels assauts brave [10] encor ma vertu.
L'amour est un tyran qui n'épargne personne :
Ce jeune cavalier [11], cet amant que je donne,
Je l'aime.

LÉONOR. Vous l'aimez !

L'INFANTE. Mets la main sur mon cœur,
Et vois comme il se trouble au nom de son vainqueur,
85 Comme il le reconnaît.

---

1. *Le Cid* fut d'abord joué, comme les mistères du moyen âge, dans un décor simultané (voir p. 30). L'Infante entrait dans son appartement au moment même où Chimène quittait le sien. — 2. L'*entretien* que vous avez avec elle. — 3. Le texte primitif était : L'*informer avec soin comment va son amour*. Or, l'Académie remarqua qu'il fallait dire « vous informer d'elle », et cela très justement car on ne voit pas comment l'information aurait pu aller de l'Infante à Chimène. — 4. Les flèches de Cupidon; vocabulaire galant, de même que *chaînes* au v. 69. — 5. Voir le v. 16. — 6. *Succès* désignait, au XVIIe s., aussi bien une issue défavorable qu'une issue favorable, d'où la nécessité de préciser par un adjectif. — 7. Sens fort : vive douleur. — 8. Voir la note du v. 5. — 9. Combien. — 10. Ces métaphores militaires : *j'ai combattu*, *assauts*, *brave* appartenaient au langage de la galanterie. — 11. Gentilhomme : autre forme de *chevalier*, influencée par l'espagnol.

LÉONOR. —   Pardonnez-moi, Madame,
Si je sors du respect pour blâmer cette flamme.
Une grande princesse à ce point s'oublier
Que d'admettre en son cœur un simple cavalier [1]
Et que dirait le Roi ? que dirait la Castille ?
90 Vous souvient-il encor de qui vous êtes fille ?

L'INFANTE. — Il m'en souvient si bien que j'épandrai mon sang
Avant que je m'abaisse à démentir [2] mon rang [3].
Je te répondrais bien que dans les belles âmes
Le seul mérite [4] a droit de produire des flammes ;
95 Et si ma passion cherchait à s'excuser,
Mille exemples fameux pourraient l'autoriser ;
Mais je n'en veux point suivre où [5] ma gloire [6] s'engage[7]
La surprise des sens n'abat point mon courage ;
Et je me dis toujours qu'étant [8] fille de roi,
100 Tout autre qu'un monarque est indigne de moi.
Quand je vis que mon cœur ne se pouvait défendre,
Moi-même je donnai ce que je n'osais prendre.
Je mis, au lieu de moi, Chimène en ses liens,
Et j'allumai leurs feux [9] pour éteindre les miens.
105 Ne t'étonne donc plus si mon âme gênée [10]
Avec impatience attend leur hyménée :
Tu vois que mon repos en dépend aujourd'hui.
Si l'amour vit d'espoir, il périt avec lui :
C'est un feu qui s'éteint, faute de nourriture ;
110 Et malgré la rigueur de ma triste aventure,
Si Chimène a jamais Rodrigue pour mari,
Mon espérance est morte, et mon esprit guéri.
Je souffre cependant un tourment incroyable :
Jusques à cet hymen Rodrigue m'est aimable [11],
115 Je travaille à le perdre, et le perds à regret ;
Et de là prend son cours mon déplaisir [12] secret.

---

1. Voir le v. 82. — 2. Renier. — 3. Le texte primitif, *Plutôt que de rien faire indigne de mon rang*, était moins clair et moins vigoureux. — 4. Cette idée de l'amour basé sur le mérite est au fond de la morale des personnages du *Cid*, en particulier de Chimène : voir les v. 886-892, 905-906, etc. — 5. Dans lesquels ; *où* était jugé plus élégant. — 6. Ce mot qui va revenir souvent désigne la considération, c'est-à-dire la chose à laquelle le héros cornélien attache la plus grande importance, et, en même temps, le désir de cette considération. — 7. Soit compromise ; voir la n. du v. 10. — 8. Aujourd'hui, la clarté exige que le participe se rapporte au sujet du verbe principal. — 9. Les feux de l'amour : langage de la galanterie. — 10. Sens fort : au supplice ; contraction de *géhenne* qui désigne l'enfer dans l'Écriture. — 11. Digne d'être aimé et pas seulement, comme aujourd'hui, susceptible de plaire. — 12. Sens fort : désespoir.

Je vois avec chagrin que l'amour me contraigne [1]
A pousser des soupirs pour ce que je dédaigne;
Je sens en deux partis mon esprit divisé :
120 Si mon courage [2] est haut, mon cœur est embrasé [3],
Cet hymen m'est fatal, je le crains et souhaite [4] :
Je n'ose en espérer qu'une joie imparfaite.
Ma gloire [5] et mon amour ont pour moi tant d'appas,
Que je meurs s'il s'achève ou ne s'achève pas.

LÉONOR.   —125 Madame, après cela je n'ai rien à vous dire,
Sinon que de vos maux avec vous je soupire :
Je vous blâmais tantôt, je vous plains à présent;
Mais puisque dans un mal si doux et si cuisant [6]
Votre vertu combat et son charme [7] et sa force,
130 En repousse l'assaut, en rejette l'amorce,
Elle rendra le calme à vos esprits [8] flottants.
Espérez donc tout d'elle, et du secours du temps;
Espérez tout du Ciel : il a trop de justice
Pour laisser la vertu dans un si long supplice.

L'INFANTE.   —135 Ma plus douce espérance est de perdre l'espoir [9].

LE PAGE.   — Par vos commandements Chimène vous vient voir.

L'INFANTE, *à Léonor.*

— Allez l'entretenir en cette galerie.

LÉONOR.   — Voulez-vous demeurer dedans [10] la rêverie ?

L'INFANTE.   — Non, je veux seulement, malgré mon déplaisir [11],
140 Remettre mon visage [12] un peu plus à loisir.
Je vous suis.

Juste Ciel, d'où j'attends mon remède,
Mets enfin quelque borne au mal qui me possède :
Assure mon repos, assure mon honneur.
Dans le bonheur d'autrui je cherche mon bonheur :
145 Cet hyménée à trois également importe;
Rends son effet [13] plus prompt, ou mon âme plus forte.
D'un lien conjugal joindre ces deux amants [14],
C'est briser tous mes fers [15] et finir mes tourments.

---

1. Le subjonctif exprime une supposition. — 2. *Cœur* désigne le sentiment, *courage* la volonté; mais, bien souvent, le premier mot se confond avec le second. — 3. Terme de galanterie. — 4. L'Académie signale que l'usage voulait qu'on répétât le. — 5. Voir le v. 97. — 6. Antithèse de style précieux. — 7. Le charme de ce mal : voir le v. 3, n. 4. — 8. *Esprits* désigne ici l'énergie morale, le mot n'avait pas, au pluriel, la nuance familière qu'il a aujourd'hui. — 9. Scudéry voyait du galimatias dans ce vers. Sans doute le rapprochement de *espérance* et de *espoir* est-il une pointe plus dans la plus pure tradition précieuse. Mais, sous une forme mièvre, ce vers résume excellemment la situation dramatique. — 10. *Dans.* L'emploi de *dedans* comme préposition est condamné par Vaugelas qui ne l'admet que si *dedans* est précédé d'une autre préposition : *par* dedans. — 11. Voir la n. du v. 116. — 12. Lui redonner le calme. — 13. Non, comme aujourd'hui : résultat; mais : accomplissement. — 14. Voir la n. du v. 16. — 15. Voir la n. du v. 66.

Mais je tarde un peu trop : allons trouver Chimène,
150 Et par son entretien [1] soulager notre peine [2].

---

1. En nous entretenant avec elle. — 2. Pendant que l'Infante quitte la partie de la scène qui représente son appartement, don Diègue et le Comte apparaissent dans une autre partie du décor qui représente une place devant le palais royal. On remarquera qu'il n'y a aucun lien entre les deux scènes.

- ● **L'action** — Tous les critiques ont été d'accord pour condamner le rôle de l'Infante : Scudéry, bien sûr, mais aussi Voltaire qui approuve entièrement Scudéry et parle de « l'inutilité et de l'inconvenance » de ce rôle.
  D'ailleurs, Corneille ne songe même pas à se défendre sur ce point. En effet, dans le *Discours du poème dramatique*, il dit, à propos d'*Horace* et du *Cid :* « Sabine ne contribue non plus aux incidents de la tragédie que l'Infante dans l'autre, étant toutes deux des personnages épisodiques [...] qu'on pourrait retrancher sans rien ôter de l'action principale. » Et plus loin : « Aristote blâme fort les épisodes détachés [...] l'Infante du *Cid* est de ce nombre. » Et, dans l'*Examen* de sa pièce (voir p. 115, l. 104), il juge même inutile de revenir sur la question.
  Il n'en reste pas moins que Corneille a pris grand soin de rattacher ce rôle à l'action principale, dans toute la mesure du possible. A ce point de vue, le vers clef est le v. 108 :
  Si l'amour vit d'espoir, il périt avec lui.
  En effet, l'Infante est intéressée au premier chef au mariage de Chimène qui est au centre du drame (v. 103, 105-107, 111-112, 147-148), et nous verrons (v. 509-512, en particulier) que les vicissitudes par lesquelles passent les deux amants ont leur écho dans son âme. On a remarqué aussi que l'amour de cette fille de roi augmentait le prestige de Rodrigue.
  D'ailleurs, la situation dans laquelle la place cet amour est extrêmement pathétique (v. 124). Malheureusement, elle présente trop d'analogies avec celle de Chimène; dans des conditions différentes, le conflit est du même ordre : pour l'une comme pour l'autre, c'est la *gloire* qui est en jeu : voir les v. 97, 821, 842.

- ● **Les caractères** — L'identité des caractères est plus frappante encore :
  — même fidélité inébranlable au devoir (v. 91-92);
  — même déchirement intérieur (v. 115, 120-121);
  — même conception de l'amour fondé sur le mérite (v. 93-94).

① Montrez que l'impression favorable laissée par la première scène est renforcée par la seconde et qu'ainsi sera encore mieux préparé le coup de théâtre de la scène suivante.

② Relevez, dans la bouche de l'Infante, quelques vers qui vous frappent déjà par leur facture cornélienne : netteté de la cadence, précision du vocabulaire et fermeté du style.

Scène III. — LE COMTE, DON DIÈGUE.

LE COMTE. — Enfin vous l'emportez, et la faveur du Roi
Vous élève en un rang qui n'était dû qu'à moi :
Il vous fait gouverneur du prince de Castille [1].

DON DIÈGUE. — Cette marque d'honneur qu'il met dans ma famille
155 Montre à tous qu'il est juste, et fait connaître assez
Qu'il sait récompenser les services passés.

LE COMTE. — Pour grands que soient les rois, ils sont ce que nous
[sommes :
Ils peuvent se tromper comme les autres hommes;
Et ce choix sert de preuve à tous les courtisans
160 Qu'ils savent mal payer les services présents.

DON DIÈGUE. — Ne parlons plus d'un choix dont votre esprit s'irrite :
La faveur l'a pu faire autant que le mérite;
Mais on doit ce respect au pouvoir absolu
De n'examiner rien quand un roi l'a voulu [2].
165 A l'honneur qu'il m'a fait ajoutez-en un autre;
Joignons d'un sacré nœud [3] ma maison à la vôtre :
Vous n'avez qu'une fille, et moi je n'ai qu'un fils;
Leur hymen nous peut rendre à jamais plus qu'amis [4] :
Faites-nous cette grâce, et l'acceptez pour gendre.

LE COMTE. -170 A des partis plus hauts ce beau fils [5] doit prétendre;
Et le nouvel éclat de votre dignité
Lui doit enfler le cœur d'une autre vanité.
Exercez-la [6], Monsieur, et gouvernez le Prince :
Montrez-lui comme [7] il faut régir une province [8],
175 Faire trembler partout les peuples sous sa loi,
Remplir les bons d'amour, et les méchants d'effroi.
Joignez à ces vertus celles d'un capitaine :
Montrez-lui comme il faut s'endurcir à la peine,

---

1. Voir le v. 43. — 2. Les v. 163-164 étaient primitivement : « Vous choisissant peut-être on eût pu mieux choisir. — Mais le roi m'a trouvé plus propre à son désir. » La forme définitive a plus de vigueur et une portée plus générale; elle marque mieux les progrès de l'autorité royale sur les féodaux. — 3. Avant ou après le nom, *sacré* avait, au XVIIe s., le même sens. — 4. Le texte primitif était : « Rodrigue aime Chimène et ce digne sujet — De ses affections est le plus cher objet. » La rédaction finale, plus pathétique, oppose mieux les dispositions conciliantes de don Diègue à la colère du Comte. Rime : *fils* se prononçait alors *fi*. — 5. La familiarité de l'expression choquait déjà Voltaire. — 6. Votre dignité. — 7. Comment — 8. Région, parfois très étendue, sur laquelle s'exerce l'autorité du représentant du pouvoir central.

Dans le métier de Mars [1] se rendre sans égal,
180 Passer les jours entiers et les nuits à cheval,
Reposer tout armé, forcer une muraille,
Et ne devoir qu'à soi le gain d'une bataille.
Instruisez-le d'exemple [2], et rendez-le parfait,
Expliquant à ses yeux vos leçons par l'effet [3].

DON DIÈGUE. 185 Pour s'instruire d'exemple, en dépit de l'envie,
Il lira seulement l'histoire de ma vie.
Là, dans un long tissu [4] de belles actions,
Il verra comme il faut dompter des nations,
Attaquer une place, ordonner [5] une armée,
190 Et sur de grands exploits bâtir sa renommée.

LE COMTE. — Les exemples vivants sont d'un autre pouvoir [6];
Un prince dans un livre apprend mal son devoir.
Et qu'a fait après tout ce grand nombre d'années,
Que ne puisse égaler une de mes journées [7] ?
195 Si vous fûtes vaillant, je le suis aujourd'hui,
Et ce bras du royaume [8] est le plus ferme appui.
Grenade et l'Aragon [9] tremblent quand ce fer brille;
Mon nom sert de rempart à toute la Castille :
Sans moi, vous passeriez bientôt sous d'autres lois,
200 Et vous auriez bientôt vos ennemis pour rois [10].
Chaque jour, chaque instant, pour rehausser ma gloire,
Met lauriers sur lauriers, victoire sur victoire :
Le Prince à mes côtés ferait dans les combats
L'essai de son courage à l'ombre de mon bras;
205 Il apprendrait à vaincre en me regardant faire,

---

1. Cette périphrase qui désigne le métier des armes, est en accord avec l'emphase ironique de la tirade. — 2. Par *l'exemple*. — 3. Le texte primitif était : « Instruisez-le d'exemple et vous ressouvenez — Qu'il faut faire à ses yeux ce que vous enseignez. » Une antithèse vigoureuse a très heureusement relevé la platitude de ce second vers. — 4. Enchaînement. — 5. Disposer en *ordre* de bataille. — 6. Le texte primitif, *ont bien plus de pouvoir*, était plat. — 7. Au sens militaire : jour de bataille. — 8. *Royaume* est complément de *appui*. — 9. Le nom du pays employé au lieu du nom des habitants fait penser à des combats de géants. — 10. Le texte des v. 200-206 était primitivement :

> Et si vous ne m'aviez, vous n'auriez plus de rois.
> Chaque jour, chaque instant entasse pour ma gloire
> Laurier dessus laurier, victoire sur victoire.
> Le Prince, pour essai de générosité,
> Gagnerait des combats marchant à mon côté;
> Loin des froides leçons qu'à mon bras on préfère,
> Il apprendrait à vaincre en me regardant faire.

Voilà une retouche importante qui permet de voir, avec précision, dans quel sens Corneille travaillait pour améliorer son texte. Il supprime des redites (*aviez, auriez*), des dissymétries fâcheuses (*dessus, sur*), des tours forcés (*loin des froides leçons qu'à mon bras on préfère*) ou franchement obscurs (*pour essai de générosité*). Il enrichit l'expression de fortes antithèses (*ennemis, rois*) et remplace une platitude (*marchant à mon côté*) par une image qui exprime tout l'orgueil du Comte (*à l'ombre de mon bras*).

Et pour répondre [1] en hâte à son grand caractère,
Il verrait...

DON DIÈGUE. — Je le sais, vous servez bien le Roi :
Je vous ai vu combattre et commander sous moi [2].
Quand l'âge dans mes nerfs [3] a fait couler sa glace [4],
210 Votre rare [5] valeur a bien rempli ma place;
Enfin, pour épargner les discours superflus,
Vous êtes aujourd'hui ce qu'autrefois je fus.
Vous voyez toutefois qu'en cette concurrence [6]
Un monarque entre nous met quelque différence.

LE COMTE. — 215 Ce que je méritais, vous l'avez emporté.

DON DIÈGUE. — Qui l'a gagné sur vous l'avait mieux mérité.

LE COMTE. — Qui peut mieux l'exercer en est bien le plus digne.

DON DIÈGUE. — En être refusé [7] n'en [8] est pas un bon signe.

LE COMTE. — Vous l'avez eu par brigue [9], étant vieux courtisan.

DON DIÈGUE. — 220 L'éclat de mes hauts faits fut mon seul partisan [10].

LE COMTE. — Parlons-en mieux, le Roi fait honneur à votre âge.

DON DIÈGUE. — Le Roi, quand il en fait, le [11] mesure au courage.

LE COMTE. — Et par là cet honneur n'était dû qu'à mon bras.

DON DIÈGUE. — Qui n'a pu l'obtenir ne le méritait pas.

LE COMTE. — 225 Ne le méritait pas! moi ?

DON DIÈGUE. — Vous.

LE COMTE. — Ton [12] impudence,
Téméraire vieillard, aura sa récompense.
(Il lui donne un soufflet [13].)

DON DIÈGUE, *mettant l'épée à la main.*

— Achève, et prends ma vie, après un tel affront,
Le premier dont ma race ait vu rougir son front [14].

LE COMTE. — Et que penses-tu faire avec tant de faiblesse ?

DON DIÈGUE. — 230 O Dieu! ma force usée en ce besoin [15] me laisse!

---

1. Il semble, car l'interruption de la phrase ne permet pas de l'affirmer nettement, que *répondre* signifie ici : réaliser les espérances qu'on a fait naître. — 2. Sous mes ordres. — 3. Muscles : la confusion est encore courante aujourd'hui chez les non spécialistes. — 4. Métaphore du style tragique. — 5. Exceptionnelle. — 6. Le mot n'a pas, ici, le sens abstrait de : prétention de plusieurs personnes à un même objet, mais fait allusion aux circonstances concrètes; nous dirions aujourd'hui : compétition. — 7. On disait, au XVIIe s. : refuser quelqu'un de quelque chose. — 8. Cet *en* répond à *digne : n'est pas un bon signe* du fait qu'on est *digne*. — 9. Intrigue. — 10. Prit seul parti pour moi. — 11. *En* et *le* renvoient à *honneur,* ainsi considéré comme indépendant de l'expression verbale *faire honneur ;* ce ne serait pas, aujourd'hui, d'une bonne syntaxe, le pronom ne pouvant renvoyer qu'à un nom déterminé. — 12. Dans la tragédie, le passage du *vous* au *tu* souligne traditionnellement la violence du sentiment et l'accélération du mouvement dramatique. — 13. « On ne donne pas aujourd'hui un soufflet sur la joue d'un héros [...] C'est là le seul exemple qu'on en ait sur le théâtre tragique. Il est à croire que c'est une des raisons qui firent intituler *le Cid* tragi-comédie » (Voltaire). — 14. Scudéry et l'Académie ont trouvé, non sans raison, qu'on ne disait pas : *le front d'une race.* — 15. Cette circonstance critique et non, comme aujourd'hui, nécessité.

LE COMTE.   — Ton épée est à moi [1]; mais tu serais trop vain [2],
          Si ce honteux trophée avait chargé ma main.
          Adieu : fais lire au Prince, en dépit de l'envie [3],
          Pour son instruction, l'histoire de ta vie :
    235   D'un insolent discours ce juste châtiment
          Ne lui servira pas d'un [4] petit ornement.

---

1. Jeu de scène : au v. 230, Don Diègue avait laissé tomber son épée. — 2. Tu aurais trop bonne opinion de toi-même. — 3. Reprise parodique du v. 185. — 4. Avec *servir de*, le XVIIᵉ s. employait l'article indéfini, alors que nous l'omettons aujourd'hui.

● **Les caractères** — « La dureté, l'impolitesse, les rodomontades du COMTE sont, à la vérité, intolérables; mais songez qu'il est puni » (Voltaire). La remarque finale de Voltaire, toute teintée d'ironie qu'elle soit, est fondée sur la grande règle de la tragédie classique selon laquelle, pour inspirer la pitié et la crainte, le personnage de tragédie ne doit être ni tout à fait bon, ni tout à fait méchant, le héros idéal étant celui « qui, par quelque trait de faiblesse humaine qui ne soit pas un crime, tombe dans un malheur qu'il ne mérite pas » : voir p. 24, l. 122-123.

Quant à DON DIÈGUE, il se montre modéré pour deux raisons : il est plus âgé et il veut calmer le Comte pour introduire sa demande en mariage. Mais, grand seigneur, il ressent les piqûres d'amour-propre aussi vivement que le Comte, et il ne peut les recevoir sans se défendre et attaquer à son tour.

● **L'actualité** — La blessure d'amour-propre que vient de recevoir le Comte lui donne l'occasion de blâmer la décision du roi. Il le fait en termes si généraux (v. 157-160) que les féodaux en lutte contre Richelieu ne pouvaient manquer d'applaudir. Mais la réponse de don Diègue (v. 163-164) pouvait apparaître au Cardinal comme la formule la plus heureuse du loyalisme.

● **L'action** — Cette scène déclenche le drame sur lequel sera construite la pièce : Chimène qui aimait Rodrigue l'aimera d'autant plus qu'elle l'estimera d'avoir vengé l'honneur de son père, mais elle ne pourra l'épouser (si elle l'épouse un jour) qu'après avoir obtenu réparation. Considérée en elle-même, la scène est essentiellement dramatique : le Comte veut provoquer don Diègue, et celui-ci désire à tout prix éviter les gestes qui rendraient impossible le mariage qu'il souhaite. Mais, comme nous l'avons dit, il a l'épiderme aussi sensible que le Comte : ainsi, peu à peu, toutes autres considérations céderont aux exigences de l'honneur. C'est cette progression qui fait l'intérêt de la scène et qu'il faut étudier en détail.

① Don Gormas. Montrez comment il provoque don Diègue.

② Don Diègue. Cherchez pourquoi il oppose *dans ma famille* (v. 154) à *vous élève*.

Scène IV. — DON DIÈGUE.

O rage! ô désespoir! ô vieillesse ennemie!
N'ai-je donc tant vécu que pour cette infamie?
Et ne suis-je blanchi dans les travaux [1] guerriers
240 Que pour voir en un jour flétrir tant de lauriers?
Mon bras, qu'avec respect toute l'Espagne admire,
Mon bras, qui tant de fois a sauvé cet empire,
Tant de fois affermi le trône de son Roi,
Trahit donc ma querelle [2], et ne fait rien pour moi?
245 O cruel souvenir de ma gloire passée!
Œuvre de tant de jours en un jour effacée!
Nouvelle dignité, fatale à mon bonheur!
Précipice élevé d'où tombe mon honneur!
Faut-il de votre éclat [3] voir triompher le Comte,
250 Et mourir sans vengeance, ou vivre dans la honte?
Comte, sois de mon prince à présent gouverneur :
Ce haut rang n'admet point un homme sans honneur;
Et ton jaloux orgueil, par cet affront insigne,
Malgré le choix du Roi, m'en a su rendre indigne.
255 Et toi, de mes exploits glorieux instrument,
Mais d'un corps tout de glace [4] inutile ornement,
Fer, jadis tant à craindre et qui, dans cette offense,
M'as servi de parade [5] et non pas de défense,
Va, quitte désormais le dernier des humains,
260 Passe, pour me venger, en de meilleures mains [6].

Scène V. — DON DIÈGUE, DON RODRIGUE.

DON DIÈGUE. — Rodrigue, as-tu du cœur?

DON RODRIGUE. —   Tout autre que mon père
L'éprouverait sur l'heure.

---

1. Entreprises pénibles et glorieuses (cf. les *travaux* d'Hercule). — 2. Ma cause. — 3. L'*éclat* de la dignité. L'Académie estimait que « triompher de l'éclat d'une dignité » ne valait rien; reconnaissons que l'expression est embarrassée. — 4. Glacé par les ans (voir le v. 209). — 5. Exhibition pompeuse. — 6. Ici quatre vers ont été supprimés :

> Si Rodrigue est mon fils, il faut que l'amour cède
> Et qu'une ardeur plus haute à ses flammes succède;
> Mon honneur est le sien et le mortel affront
> Qui tombe sur mon chef rejaillit sur son front.

Ils n'étaient pas d'une langue bien ferme et ils ralentissaient l'action. — 7. Du courage. Dans le modèle espagnol, don Diègue mordait le doigt de Rodrigue (voir *les Sources*, p. 19). A l'injure physique, Corneille a préféré l'injure morale, plus compatible avec les mœurs de son époque.

DON DIÈGUE. —
                                    Agréable colère!
  Digne ressentiment [1] à ma douleur bien doux!
  Je reconnais mon sang à ce noble courroux;
265 Ma jeunesse revit en cette ardeur si prompte.
  Viens, mon fils, viens, mon sang, viens réparer ma honte;
  Viens me venger.

DON RODRIGUE. —
                                    De quoi?
DON DIÈGUE. —
                                                        D'un affront si cruel,
  Qu'à l'honneur de tous deux il porte un coup mortel :
  D'un soufflet. L'insolent en eût perdu la vie;
270 Mais mon âge a trompé ma généreuse [2] envie;
  Et ce fer que mon bras ne peut plus soutenir,
  Je le remets au tien pour venger et punir.
  Va contre un arrogant éprouver ton courage :
  Ce n'est que dans le sang qu'on lave un tel outrage;

---

1. Vif sentiment d'une chose désagréable et non, comme aujourd'hui : rancune. —
2. Noble, conforme aux sentiments des hommes bien nés

L'action.

— *Un monologue tragique.* Un monologue ne peut être dramatique que dans la mesure où il y a conflit, dans l'âme d'un personnage, entre des tendances contradictoires, et où il entraîne une décision.
Ici, don Diègue prend bien la décision d'avoir recours à son fils, mais son âme n'est pas le théâtre d'un conflit; il se laisse aller au désespoir. C'est donc à un monologue essentiellement pathétique que nous avons affaire : pathétique par le sentiment de l'impuissance (v. 237, 244, 256-260), de la honte, avivée par le souvenir de la gloire (v. 242-243, 245-246, 255, 257).

— *Une scène qui est « un combat ».* Le but est, pour don Diègue, de décider Rodrigue à se battre contre le père de celle qu'il aime. On peut s'étonner de la brièveté d'une scène (I, 5) dont l'enjeu est si important. C'est que l'habileté consiste, pour don Diègue, à opérer par surprise et à ne pas laisser Rodrigue se reprendre : il partira avant que Rodrigue ait pu se ressaisir, et toutes les objections que celui-ci aurait pu lui faire, il se les fera à lui-même. Ainsi la vraisemblance sera respectée et le débat y gagnera en pathétique.
① L'habileté de don Diègue revêt aussi d'autres formes; à ce propos expliquez pourquoi don Diègue demande à Rodrigue s'il a du *cœur* (v. 261);
② De quelle façon est présenté le *viens me venger* qui était le premier mot difficile à dire (v. 267)?
— de quelle façon aussi est présenté l'affront au v. 268?
— comment, du v. 273 au v. 282, don Diègue présente-t-il celui qui l'a insulté? Montrez qu'au v. 282 il a atteint le but qu'il se proposait.
③ Quelle est la valeur des deux interruptions : celle du v. 282 et celle du v. 283?
④ Étudiez la valeur dramatique de la dernière réplique de don Diègue.

²⁷⁵ Meurs ou tue. Au surplus, pour ne te point flatter [1],
Je te donne à combattre un homme à redouter :
Je l'ai vu, tout couvert de sang et de poussière [2],
Porter partout l'effroi dans une armée entière.
J'ai vu par sa valeur cent escadrons rompus [3];
²⁸⁰ Et pour t'en dire encor quelque chose de plus,
Plus que brave soldat, plus que grand capitaine,
C'est...

DON RODRIGUE. —   De grâce, achevez.

DON DIÈGUE. —   Le père de Chimène.

DON RODRIGUE. — Le...

DON DIÈGUE. —   Ne réplique point, je connais ton amour;
Mais qui peut vivre infâme est indigne du jour.
²⁸⁵ Plus l'offenseur est cher, et plus grande est l'offense [4].
Enfin tu sais l'affront, et tu tiens la vengeance [5] :
Je ne te dis plus rien. Venge-moi, venge-toi;
Montre-toi digne fils d'un père tel que moi.
Accablé des malheurs où [6] le destin me range [7],
²⁹⁰ Je vais les déplorer [8] : va, cours, vole, et nous [9] venge.

SCÈNE VI. — DON RODRIGUE.

Percé jusques au fond du cœur
D'une atteinte imprévue aussi bien que mortelle,
Misérable [10] vengeur d'une juste querelle,
Et malheureux objet [11] d'une injuste rigueur,
²⁹⁵ Je demeure immobile, et mon âme abattue
Cède au coup qui me tue.
Si près de voir mon feu [12] récompensé,
O Dieu, l'étrange peine!
En cet affront mon père est l'offensé,
³⁰⁰ Et l'offenseur le père de Chimène!

Que je sens de rudes combats!
Contre mon propre honneur mon amour s'intéresse [13]
Il faut venger un père, et perdre une maîtresse :
L'un m'anime le cœur, l'autre retient mon bras.

---

1. Pour ne point te flatter (voir p. 31, n. 8) : t'induire en erreur. — 2. Primitivement
les v. 277-278 étaient : « Je l'ai vu, tout sanglant au milieu des batailles. — Se faire un beau
rempart de mille funérailles. « Corneille a fait disparaître le second vers que déparaient une
cheville *(beau)* et une emphase de mauvais goût. — 3. Mis en déroute. — 4. *Offenseur*
a été approuvé par l'Académie, malgré Scudéry, pour la beauté du parallélisme avec
offense. — 5. Moyen (et non acte) par lequel on se venge. — 6. Dans lesquels. — 7. Réduit.
— 8. Sens étymologique : « pleurer sur ». — 9. Dans une série d'impératifs, contrairement
à l'usage actuel, le pronom complément se place avant le dernier impératif. — 10. Digne
de pitié. — 11. Motif. — 12. Voir la n. du v. 104. — 13. Prend parti.

305 Réduit au triste choix ou de trahir ma flamme,
    Ou de vivre en infâme,
Des deux côtés mon mal est infini.
    O Dieu, l'étrange peine!
    Faut-il laisser un affront impuni?
310 Faut-il punir le père de Chimène?

    Père, maîtresse, honneur, amour,
Noble et dure contrainte, aimable tyrannie [1],
Tous mes plaisirs sont morts, ou ma gloire ternie.
L'un me rend malheureux, l'autre indigne du jour.
315 Cher et cruel espoir [2] d'une âme généreuse [3],
    Mais ensemble [4] amoureuse,
Digne ennemi de mon plus grand bonheur,
    Fer qui causes ma peine,
    M'es-tu donné pour venger mon honneur?
320 M'es-tu donné pour perdre ma Chimène?

---

1. Alliance de mots du style précieux. — 2. De ce vers à la fin de la strophe, Rodrigue s'adresse à son épée. — 3. Voir la n. du v. 270. — 4. En même temps.

━━━

● **Les caractères.** Pour comprendre qu'au moins dans les stances le débat cornélien n'est pas exactement, selon la formule traditionnelle, une lutte entre l'amour et le devoir mais plutôt une lutte entre deux devoirs également impérieux, il suffit de rappeler que, chez les héros de Corneille, l'amour est fondé sur l'estime. Or, Rodrigue voit très bien, dès maintenant (v. 305-306, 308-311), avant même que Chimène ne le lui dise, qu'il perdrait celle qu'il aime s'il ne vengeait son honneur :

> *J'attire ses mépris en ne me vengeant pas* (v. 324).

De même, quand il dit :

> *Respecter un amour dont mon âme égarée*
> *Voit la perte assurée* (v. 335-336),

il faut comprendre : voit la perte assurée si je le respecte. Enfin, le *après tout* du v. 340 signifie : que je tue son père ou que je ne le tue pas. Mais alors, pourquoi un débat? Trois raisons :

1º La vraisemblance : on hésite devant une décision aussi grave;

2º Le héros cornélien aime à voir clair en lui-même, et cette lucidité rend plus remarquable, parce que plus difficile, la victoire de la volonté;

3º Surtout, ces hésitations sont signe de vérité humaine (voir l'introduction, p. 18). Si Rodrigue et Chimène se distinguent des personnages de la tragi-comédie antérieure, c'est parce que, si élevé que soit leur sens du devoir, les décisions qu'il entraîne ne sont pas prises sans déchirement.

━━━

Il vaut mieux courir au trépas.
Je dois [1] à ma maîtresse aussi bien qu'à mon père :
J'attire en me vengeant sa haine et sa colère ;
J'attire ses mépris en ne me vengeant pas.
325 A mon plus doux espoir l'un me rend infidèle,
Et l'autre indigne d'elle.
Mon mal augmente à le vouloir [2] guérir ;
Tout redouble ma peine.
Allons, mon âme ; et puisqu'il faut mourir,
330 Mourons du moins sans offenser Chimène.

Mourir sans tirer ma raison [3] !
Rechercher un trépas si mortel à ma gloire !
Endurer que l'Espagne impute à ma mémoire
D'avoir mal soutenu l'honneur de ma maison !
335 Respecter un amour dont mon âme égarée
Voit la perte assurée !
N'écoutons plus ce penser [4] suborneur [5],
Qui ne sert qu'à ma peine.
Allons, mon bras [6], sauvons du moins l'honneur,
340 Puisqu'après tout il faut perdre Chimène.

Oui, mon esprit s'était déçu [7].
Je dois tout à mon père avant qu'à ma maîtresse :
Que je meure au combat, ou meure de tristesse,
Je rendrai mon sang pur comme je l'ai reçu.
345 Je m'accuse déjà de trop de négligence :
Courons à la vengeance ;
Et tout honteux d'avoir tant balancé [8],
Ne soyons plus en peine.
Puisqu'aujourd'hui mon père est l'offensé,
350 Si l'offenseur est père de Chimène.

---

1. Employé absolument avec le sens de : avoir des obligations envers quelqu'un. —
2. Sur cette construction, voir les notes des v. 5 (l'infinitif précédé d'une préposition)
et du v. 10 (place du pronom personnel). — 3. Sans demander réparation. — 4. Infinitif
employé comme substantif : pensée. — 5. Qui détourne du devoir. — 6. Le commentaire
de cette invocation, par Voltaire, est tout à fait significatif de l'évolution du goût. On y lit,
en effet : « L'Académie avait approuvé *allons, mon âme* ; et cependant Corneille le changea
et mit *allons, mon bras*. On ne dirait plus aujourd'hui ni l'un ni l'autre. Ce n'est point un
effet du caprice de la langue, c'est qu'on s'est accoutumé à mettre plus de vérité dans le
langage. *Allons* signifie *marchons* ; et ni au bras ni une âme ne marchent ; d'ailleurs, nous
ne sommes plus dans un temps où l'on parle à son bras et à son âme. » — 7. « Trompé
mais sans idée de douce illusion détruite » (*Dict.* de Richelet, 1680). — 8. Hésité.

ACTE II

Scène première. — DON ARIAS, LE COMTE.

LE COMTE. — Je l'avoue entre nous, mon sang un peu trop chaud
S'est trop ému d'un mot et l'a porté trop haut[1] ;
Mais puisque c'en est fait, le coup est sans remède.

DON ARIAS. — Qu'aux volontés du Roi ce grand courage[2] cède :
355 Il y[3] prend grande part, et son cœur irrité
Agira contre vous de pleine autorité.
Aussi vous n'avez point de valable défense :
Le rang de l'offensé, la grandeur de l'offense,
Demandent des devoirs et des submissions[4]
360 Qui passent le commun des satisfactions[5].

LE COMTE. — Le Roi peut à son gré disposer de ma vie.

DON ARIAS. — De trop d'emportement votre faute est suivie.
Le Roi vous aime encore ; apaisez son courroux.
Il a dit : « Je le veux » ; désobéirez-vous ?

LE COMTE. -365 Monsieur, pour conserver tout ce que j'ai d'estime[6],
Désobéir un peu n'est pas un si grand crime ;
Et quelque grand qu'il soit[7], mes services présents
Pour le faire abolir[8] sont plus que suffisants.

---

1. Se dit d'un cheval qui tient la tête haute ; d'où, par extension, d'une personne qui affiche de grandes prétentions. — 2. Ici, mouvement passionné. — 3. A cette affaire. — 4. Forme savante de *soumission ;* s'emploie, au pluriel, pour désigner les démonstrations respectueuses dont un inférieur use à l'égard d'un supérieur. — 5. Excuses. — 6. Réputation. C'est vraisemblablement ici que se plaçaient les quatre vers qui avaient été dits aux premières représentations mais qui furent supprimés parce qu'ils faisaient l'apologie du duel :

> Ces satisfactions n'apaisent point une âme :
> Qui les reçoit n'a rien, qui les fait se diffame,
> Et de tous ces accords l'effet le plus commun
> Est de perdre d'honneur deux hommes au lieu d'un.

7. Le crime. — 8. L'abolition était, dans le droit féodal, l'amnistie due au pardon du prince.

DON ARIAS.	Quoi qu'on fasse d'illustre et de considérable [1],
	370 Jamais à son sujet un roi n'est redevable.
	Vous vous flattez beaucoup, et vous devez savoir
	Que qui sert bien son roi ne fait que son devoir.
	Vous vous perdrez, Monsieur, sur [2] cette confiance.
LE COMTE.	— Je ne vous en croirai qu'après l'expérience.
DON ARIAS.	375 Vous devez redouter la puissance d'un roi.
LE COMTE.	— Un jour seul ne perd pas un homme tel que moi.
	Que toute sa grandeur s'arme pour mon supplice,
	Tout l'État périra, s'il faut que je périsse.
DON ARIAS.	— Quoi! vous craignez si peu le pouvoir souverain...
LE COMTE.	380 D'un sceptre qui sans moi tomberait de sa main [3]!
	Il a trop d'intérêt lui-même en ma personne,
	Et ma tête en tombant ferait choir sa couronne.
DON ARIAS.	— Souffrez que la raison remette vos esprits.
	Prenez un bon conseil [4].
LE COMTE.	Le conseil en est pris.
DON ARIAS.	385 Que lui dirai-je enfin ? Je lui dois rendre conte [5].
LE COMTE.	— Que je ne puis du tout consentir à ma honte.
DON ARIAS.	— Mais songez que les rois veulent être absolus.
LE COMTE.	— Le sort en est jeté, Monsieur, n'en parlons plus.
DON ARIAS.	— Adieu donc, puisqu'en vain je tâche à vous résoudre :
	390 Avec tous vos lauriers, craignez encor le foudre [6].
LE COMTE.	— Je l'attendrai sans peur.
DON ARIAS.	Mais non pas sans effet.
LE COMTE.	— Nous verrons donc par là don Diègue satisfait.

(Il est seul.)

Qui ne craint point la mort ne craint point les menaces [7].
J'ai le cœur au-dessus des plus fières [8] disgrâces;
395 Et l'on peut me réduire à vivre sans bonheur,
Mais non pas me résoudre à vivre sans honneur.

---

1. Digne d'être pris en considération. — 2. En vous reposant *sur*. — 3. La forme interrogative de cette phrase, dans les premières éditions, exprimait plus vivement le dédain. — 4. Une bonne résolution. — 5. Au XVIIᵉ s., l'orthographe confondait *conte* et *compte*. — 6. Mot indifféremment masculin ou féminin. Le laurier avait la réputation de protéger de la foudre. — 7. Le texte de ces quatre vers était primitivement :

Je m'étonne fort peu de menaces pareilles;
Dans les plus grands périls je fais plus de merveilles;
Et quand l'honneur y va, les plus cruels trépas
Présentés à mes yeux ne m'ébranleraient pas.

La seconde rédaction est plus riche de deux fortes antithèses, encore soulignées par des constructions symétriques. — 8. Cruelles. *Fières* garde quelque chose du sens du latin *ferus*.

SCÈNE II[1]. — LE COMTE, DON RODRIGUE.

DON RODRIGUE. — A moi, Comte, deux mots.

LE COMTE. —   Parle.

DON RODRIGUE. —   Ote-moi d'un doute.

Connais-tu bien don Diègue ?

LE COMTE —   Oui.

DON RODRIGUE. —   Parlons bas [2];écoute.

Sais-tu que ce vieillard fut la même vertu [3],
400 La vaillance et l'honneur de son temps ? le sais-tu ?

---

1. La scène précédente avait lieu dans une salle du palais, celle-ci a lieu dans la rue. —
2. Ce conseil se justifiait mieux dans la pièce espagnole où Chimène assistait à la scène.
— 3. Le courage même. Au XVIIᵉ siècle, on ne distinguait pas nettement *la vertu même*
et *la même vertu*.

● **Les caractères**

— *Le héros de tragédie.* Le Comte qui avait paru odieux dans la scène
avec don Diègue (voir le commentaire de Voltaire, p. 41) devient plus
sympathique lorsqu'il reconnaît qu'il est allé trop loin : v. 351-352.
C'est que la tradition imposait ce retour. En effet, l'auteur de tragédies
doit mettre en scène « un homme plus vertueux que méchant, qui par
quelque trait de faiblesse humaine ne soit pas un crime, tombe
dans un malheur qu'il ne mérite pas ». Corneille reprend cette formule,
dans son *Avertissement* (voir p. 24, l. 121 et suiv.), après Aristote et
maint théoricien.
Mais le v. 353 indique bien que, malgré cette concession faite dans le
secret *(entre nous)*, l'orgueil du Comte lui interdit de revenir en arrière.

— *L'actualité.* M. Bénichou *(Morales du grand siècle)* trouve, dans
le héros cornélien, des restes de la morale féodale, les *vieilles idées
d'héroïsme et de bravade :* il dit qu'à « la morale héroïque des siècles
féodaux [...] des circonstances sociales favorables, renouveau de la
conscience et du prestige nobles, poussée d'agitation politique chez les
grands [...] donnent l'occasion de jeter un suprême éclat. » Et voici
ce qu'il dit à propos d'une héroïne cornélienne et qui pourrait s'appliquer
exactement au Comte dans cette scène : « C'est le mépris du bien et du
mal qui est sublime, dès lors que l'ambition, l'orgueil, la haine de la
médiocrité et de la dépendance en sont le principe. »

① Retrouvez avec précision, dans l'attitude du Comte, les divers
éléments de l'esprit féodal ainsi défini.

● **L'action** — Il est donc bien évident que les arguments de Don Arias en
faveur de l'autorité royale n'auront aucun effet. Cette scène (II, 1)
laisse prévoir que la rencontre avec Rodrigue est inévitable.

LE COMTE. — Peut-être.

DON RODRIGUE. —
Cette ardeur que dans les yeux je porte,
Sais-tu que c'est son sang ? le sais-tu ?

LE COMTE. —
Que m'importe !

DON RODRIGUE. — A quatre pas d'ici je te le fais savoir.

LE COMTE. — Jeune présomptueux !

DON RODRIGUE. —
Parle sans t'émouvoir.
405 Je suis jeune, il est vrai ; mais aux âmes [1] bien nées
La valeur n'attend point le nombre des années.

LE COMTE. — Te mesurer à moi ! qui t'a rendu si vain [2],
Toi qu'on n'a jamais vu les armes à la main ?

DON RODRIGUE. — Mes pareils à deux fois ne se font point connaître,
410 Et pour leurs coups d'essai veulent des coups de maître.

LE COMTE. — Sais-tu bien qui je suis ?

DON RODRIGUE. —
Oui ; tout autre que moi
Au seul bruit de ton nom pourrait trembler d'effroi.
Les palmes dont je vois ta tête si couverte
Semblent porter écrit le destin de ma perte.
415 J'attaque en téméraire un bras toujours vainqueur ;
Mais j'aurai trop de force, ayant assez de cœur [3].
A qui venge son père il n'est rien impossible [4].
Ton bras est invaincu, mais non pas invincible.

LE COMTE. — Ce grand cœur [5] qui paraît aux discours que tu tiens,
420 Par tes yeux, chaque jour, se découvrait aux miens [6] ;
Et croyant voir en toi l'honneur de la Castille,
Mon âme avec plaisir te destinait ma fille.
Je sais ta passion, et suis ravi [7] de voir
Que tous ses mouvements cèdent à ton devoir ;
425 Qu'ils n'ont point affaibli cette ardeur magnanime ;
Que ta haute vertu répond à mon estime ;
Et que, voulant pour gendre un cavalier [8] parfait,
Je ne me trompais point au [9] choix que j'avais fait ;
Mais je sens que pour toi ma pitié s'intéresse [10] ;
430 J'admire ton courage, et je plains ta jeunesse.
Ne cherche point à faire un coup d'essai fatal ;
Dispense ma valeur d'un combat inégal ;
Trop peu d'honneur pour moi suivrait cette victoire :
A vaincre sans péril, on triomphe sans gloire.

---

1. Voir p. 31, n. 3. — 2. D'un orgueil injustifié. — 3. Voir la n. 2 du v. 120. — 4. Nous disons aujourd'hui : *rien d'impossible*. — 5. Voir le v. 416. — 6. Autrement dit : je voyais ton courage dans tes yeux. — 7. Voir la n. du v. 21. — 8. Voir la n. du v. 82. — 9. Dans le (voir la n. du v. 20). — 10. Voir la n. du v. 302.

435 On te croirait toujours abattu sans effort;
Et j'aurais seulement le regret de ta mort.

DON RODRIGUE. — D'une indigne pitié ton audace est suivie :
Qui m'ose ôter l'honneur craint de m'ôter la vie ?

LE COMTE. — Retire-toi d'ici.

DON RODRIGUE. —   Marchons sans discourir.

LE COMTE. 440 Es-tu si las de vivre ?

DON RODRIGUE. —   As-tu peur de mourir ?

LE COMTE. — Viens, tu fais ton devoir, et le fils dégénère
Qui [1] survit un moment à l'honneur de son père.

---

1. Au XVIIᵉ s. plus souvent qu'aujourd'hui, l'antécédent était séparé du relatif.

● **Les caractères** — Péguy dit, à propos des héros cornéliens : « Plus ils
sont ennemis, plus ils se battent, moins aussi, moins donc ils se veulent
du mal [...] Moins ils se blessent et ils veulent se blesser. C'est l'idée
cornélienne même, on pourrait dire le système cornélien, le grand honneur cornélien. » Il semble que, dans cette scène de la provocation, plus
que dans toute autre, on puisse apprécier la vérité de ce jugement.
En effet, le Comte qui est le seul personnage légèrement antipathique
de la pièce (et nous avons vu pourquoi : I, 3 et II, 1) a regretté, devant
Don Arias, sa vivacité à l'égard de Don Diègue (v. 351-352), et nous
verrons sa mansuétude à l'égard de Rodrigue.

① Étudiez en détail comment apparaît, jusqu'à l'extrême limite, la
bienveillance du Comte envers Rodrigue.

Mais son orgueil féodal fait que des paroles qui voudraient être apai-
santes sont insultantes pour un jeune homme à l'épiderme sensible.
Ainsi, par la logique de l'orgueil, ces deux hommes qui s'estiment sont
entraînés dans un mouvement qui ne peut aboutir qu'à un acte d'hostilité, et ce qui rend fatal ce mouvement c'est le sentiment le plus sympathique qui soit, même dans l'excès où il tombe : l'enthousiasme juvénile.

② De ce point de vue, étudiez : 1° Ce qui fait la valeur des répétitions
des v. 400-403.
2° La force de certains vers « cornéliens », particulièrement les v. 405-
406, 410, 418, 438.

● **L'action** —   Étudiez les moyens par lesquels le Comte essaie de
contenir la fougue de Rodrigue.

③ Où apparaît et comment progresse l'indignation de Rodrigue ?

④ Quels mots des v. 436-437 prouvent que le Comte n'a pas obtenu
l'effet qu'il attendait de ses paroles ? En les reprenant en détail et en
tenant compte du caractère de Rodrigue, expliquez pourquoi.

⑤ Quel mot rend le duel inévitable ?

⑥ Comment le caractère du Comte s'exprime-t-il dans les v. 441-442,
et en quel sens ces vers préparent-ils la suite ?

SCÈNE III [1]. — L'INFANTE, CHIMÈNE, LÉONOR.

L'INFANTE.   — Apaise, ma Chimène, apaise ta douleur :
      Fais agir ta constance en ce coup de malheur.
445   Tu reverras le calme après ce faible orage;
      Ton bonheur n'est couvert que d'un peu de nuage,
      Et tu n'as rien perdu pour le voir différer.

CHIMÈNE.   — Mon cœur outré [2] d'ennuis [3] n'ose rien espérer.
      Un orage si prompt qui trouble une bonace [4]
450   D'un naufrage certain nous porte la menace :
      Je n'en saurais douter, je péris dans le port.
      J'aimais, j'étais aimée, et nos pères d'accord;
      Et je vous en contais la charmante [5] nouvelle
      Au malheureux moment que [6] naissait leur querelle,
455   Dont le récit fatal, sitôt qu'on vous l'a fait,
      D'une si douce attente a ruiné l'effet.
      Maudite ambition, détestable manie [7],
      Dont les plus généreux [8] souffrent la tyrannie!
      Honneur impitoyable à mes plus chers désirs,
460   Que tu me vas coûter de pleurs et de soupirs!

L'INFANTE.   — Tu n'as dans leur querelle aucun sujet de craindre :
      Un moment l'a fait naître, un moment va l'éteindre.
      Elle a fait trop de bruit pour ne pas s'accorder,
      Puisque déjà le Roi les veut [9] accommoder [10],
465   Et tu sais que mon âme, à tes ennuis [11] sensible [12],
      Pour en tarir la source y [13] fera l'impossible.

CHIMÈNE.   — Les accommodements ne font rien en ce point :
      De si mortels affronts ne se réparent point.
      En vain on fait agir la force ou la prudence :
470   Si l'on guérit le mal, ce n'est qu'en apparence.
      La haine que les cœurs conservent au dedans
      Nourrit des feux cachés, mais d'autant plus ardents.

L'INFANTE.   — Le saint nœud qui joindra don Rodrigue et Chimène
      Des pères ennemis dissipera la haine;
475   Et nous verrons bientôt votre amour le plus fort
      Par un heureux hymen étouffer ce discord [14].

---

1. La scène se passe dans l'appartement de l'Infante : voir p. 30. — 2. Surchargé et non, comme aujourd'hui : vivement pénétré d'un sentiment pénible. — 3. Tourments. — 4. Calme de la mer. — 5. Voir la n. du v. 3. — 6. *Que* remplaçait souvent des relatifs plus précis; ici *où*. — 7. Folie. — 8. Voir la n. du v. 270. — 9. Voir la n. du v. 10. — 10. Réconcilier. — 11. Voir la n. du v. 448. — 12. Texte primitif : « Et de ma part mon âme à tes ennuis sensible. » L'Académie trouva mauvaise cette rédaction : en effet, *de ma part* était superflu. — 13. En cette circonstance. — 14. Ce mot était déjà un archaïsme en 1637.

CHIMÈNE.
— Je le souhaite ainsi plus que je ne l'espère :
Don Diègue est trop altier, et je connais mon père.
Je sens couler des pleurs que je veux retenir;
480 Le passé me tourmente, et je crains l'avenir.

L'INFANTE.
— Que crains-tu ? d'un vieillard l'impuissante faiblesse!

CHIMÈNE.
— Rodrigue a du courage.

L'INFANTE.
                                        Il a trop de jeunesse.

CHIMÈNE.
— Les hommes valeureux le sont du premier coup [1].

L'INFANTE.
— Tu ne dois pas pourtant le redouter beaucoup :
485 Il est trop amoureux pour te [2] vouloir déplaire,
Et deux mots de ta bouche arrêtent sa colère.

CHIMÈNE.
— S'il ne m'obéit point, quel comble à mon ennui [3]!
Et s'il peut m'obéir, que dira-t-on de lui ?
Étant né ce qu'il est, souffrir un tel outrage!
490 Soit qu'il cède ou résiste au feu qui me l'engage,
Mon esprit ne peut qu'être ou honteux ou confus [4],
De son trop de respect, ou d'un juste refus.

L'INFANTE.
— Chimène a l'âme haute, et quoique intéressée [5],
Elle ne peut souffrir une basse pensée;
495 Mais si jusques au jour de l'accommodement
Je fais mon prisonnier de ce parfait amant [6],
Et que j'empêche ainsi l'effet de son courage,
Ton esprit amoureux n'aura-t-il point d'ombrage [7]?

CHIMÈNE.
— Ah! Madame, en ce cas je n'ai plus de souci.

---

1. Scudéry et l'Académie trouvaient l'expression basse; pourtant on la rencontre dans le style soutenu. — 2. Voir la n. du v. 10. — 3. Voir la n. du v. 448. — 4. Bouleversé. — 5. Engagée. — 6. Voir la n. du v. 16. — 7. De soupçon.

- **L'action** — Corneille lui-même (voir *l'Action*, p. 37) constate que le rôle de l'Infante se rattache mal à l'action. Ici, elle essaie de jouer un rôle qui relève d'ailleurs de la comédie (v. 495-498) mais, dès la scène suivante, nous saurons qu'elle arrivera trop tard. Cependant, cette scène renforce le caractère dramatique de l'action en soulignant que la rencontre est inévitable.

① Relevez les vers qui indiquent que le drame ne peut être évité.

- **Les caractères** — En examinant les paroles de Chimène, nous voyons apparaître, dès maintenant, les principes qui inspireront sa conduite. Sans doute les exigences de l'honneur lui paraissent-elles encore rudes (v. 459).

② Mais vous montrerez, en étudiant les v. 487-488 et 491-492, que Chimène est déjà aux prises avec deux devoirs dont les exigences sont égales et se trouve, par conséquent, dans une situation extrêmement dramatique. Expliquez, en particulier, *trop de respect* et *juste refus*.

SCÈNE IV. — L'INFANTE, CHIMÈNE, LÉONOR, LE PAGE.

L'INFANTE.	—[500] Page, cherchez Rodrigue, et l'amenez [1] ici.
LE PAGE.	— Le comte de Gormas et lui...
CHIMÈNE.	— Bon Dieu! je tremble.
L'INFANTE.	— Parlez.
LE PAGE.	— De ce palais ils sont sortis ensemble.
CHIMÈNE.	— Seuls?
LE PAGE.	— Seuls, et qui semblaient tout bas se quereller.
CHIMÈNE.	— Sans doute, ils sont aux mains, il n'en [2] faut plus parler.
	[505] Madame, pardonnez à cette promptitude [3]...

SCÈNE V. — L'INFANTE, LÉONOR.

L'INFANTE.	— Hélas! que dans l'esprit je sens d'inquiétude!
	Je pleure ses malheurs, son amant [4] me ravit [5];
	Mon repos m'abandonne, et ma flamme revit.
	Ce qui va séparer Rodrigue de Chimène
	[510] Fait renaître à la fois mon espoir et ma peine;
	Et leur division, que je vois à regret,
	Dans mon esprit charmé [6] jette un plaisir secret.
LÉONOR.	— Cette haute vertu qui règne dans votre âme
	Se rend-elle sitôt à cette lâche flamme?
L'INFANTE.	—[515] Ne la nomme point lâche, à présent que chez moi
	Pompeuse [7] et triomphante, elle me fait la loi :
	Porte-lui du respect, puisqu'elle m'est si chère.
	Ma vertu la combat, mais malgré moi j'espère;
	Et d'un si fol espoir mon cœur mal défendu
	[520] Vole après un amant [8] que Chimène a perdu.
LÉONOR.	— Vous laissez choir ainsi ce glorieux courage [9],
	Et la raison chez vous perd ainsi son usage?
L'INFANTE.	— Ah! qu'avec peu d'effet on entend la raison,
	Quand le cœur est atteint d'un si charmant [10] poison!
	[525] Et lorsque le malade aime sa maladie,
	Qu'il a peine à souffrir que l'on y remédie!
LÉONOR.	— Votre espoir vous séduit, votre mal vous est doux;
	Mais enfin ce Rodrigue est indigne de vous.
L'INFANTE.	— Je ne le sais que trop; mais si ma vertu cède,

---

1. Voir la n. 9 du v. 290. — 2. Voir les v. 495-498. — 3. Chimène prononce ces paroles en sortant rapidement. — 4. Voir la n. du v. 16. — 5. Voir la n. du v. 21. — 6. Voir la n. du v. 3. — 7. Majestueuse, sans nuance défavorable. — 8. Voir le v. 507. — 9. Voir la n. 2 du v. 120. — 10. Voir le v. 512 et la n. du v. 3.

⁵³⁰ Apprends comme ¹ l'amour flatte ² un cœur qu'il
[possède.
Si Rodrigue une fois sort vainqueur du combat,
Si dessous ³ sa valeur ce grand guerrier s'abat ⁴,
Je puis en faire cas, je puis l'aimer sans honte.
Que ne fera-t-il point, s'il peut vaincre le Comte ?
⁵³⁵ J'ose m'imaginer qu'à ses moindres exploits
Les royaumes entiers tomberont sous ses lois;
Et mon amour flatteur déjà me persuade
Que je le vois assis au ⁵ trône de Grenade ⁶,
Les Mores subjugués trembler en l'adorant,
⁵⁴⁰ L'Aragon recevoir ce nouveau conquérant,
Le Portugal ⁷ se rendre, et ses nobles journées ⁸
Porter delà ⁹ les mers ses hautes destinées,
Du sang des Africains arroser ses lauriers :
Enfin tout ce qu'on dit des plus fameux guerriers,
⁵⁴⁵ Je l'attends de Rodrigue après cette victoire,
Et fais de son amour ¹⁰ un sujet de ma gloire ¹¹.

LÉONOR.   — Mais, Madame, voyez où vous portez son bras ¹²,
Ensuite d' ¹³ un combat qui peut-être n'est pas.

L'INFANTE.   — Rodrigue est offensé; le Comte a fait l'outrage;
⁵⁵⁰ Ils sont sortis ensemble : en faut-il davantage ?

LÉONOR.   — Eh bien! ils se battront, puisque vous le voulez;
Mais Rodrigue ira-t-il si loin ¹⁴ que vous voulez ?

---

1. Voir la n. du v. 79. — 2. Voir la n. du v. 275. — 3. Voir la n. du v. 138. — 4. Voir la n. du v. 10. — 5. Voir la n. du v. 3. — 6. Voir la n. du v. 197. — 7. Le Portugal était alors occupé par les Arabes. — 8. Combats. — 9. Par-delà — 10. L'amour que j'éprouve pour lui : voir la n. du v. 63. — 11. Voir la n. 6 du v. 97. — 12. L'Académie avait jugé « hardie et obscure » l'expression *porter son bras*. — 13. A la suite de. — 14. Aussi loin.

● **L'action** — Le rôle de l'Infante se rattache mal à l'action (voir l'*Action*, p. 37). Cependant, dans cette scène, pour deux raisons le destin de l'Infante paraît être étroitement lié au duel qui est en train de se dérouler. ① Quelles sont ces deux raisons?

● **Les caractères** — Ce n'est pas seulement parce qu'elle est princesse que l'INFANTE souhaite une victoire qui fera de Rodrigue son égal. C'est parce qu'elle est, en un sens, une héroïne cornélienne « dont la gloire réside dans la conquête d'un époux puissant, et particulièrement d'un époux royal » (Bénichou, *Morales du grand siècle*). Mais cette scène nous fait sentir aussi, peut-être mieux qu'aucune autre, que les mœurs de l'Infante sont, selon l'expression que Corneille emploie pour Chimène (*Avertissement*, p. 22, l. 52), « inégalement égales » et non dépourvues de mièvrerie précieuse.

② Étudiez le désarroi de l'Infante, particulièrement dans les v. 529-546, et montrez qu'à la différence de Rodrigue dans les stances, elle ne le surmonte pas.

L'INFANTE. — Que veux-tu ? je suis folle, et mon esprit s'égare :
Tu vois par là quels maux cet amour me prépare.
555 Viens dans mon cabinet [1] consoler mes ennuis [2],
Et ne me quitte point dans le trouble où je suis.

SCÈNE VI. — DON FERNAND, DON ARIAS,
DON SANCHE [3].

DON FERNAND. — Le Comte est donc si vain [4], et si peu raisonnable !
Ose-t-il croire encor son crime pardonnable ?

DON ARIAS. — Je l'ai de votre part longtemps entretenu ;
560 J'ai fait mon pouvoir [5], Sire, et n'ai rien obtenu.

DON FERNAND. — Justes Cieux ! ainsi donc un sujet téméraire
A si peu de respect et de soin [6] de me plaire !
Il offense don Diègue, et méprise son roi !
Au milieu de ma cour il me donne la loi !
565 Qu'il soit brave guerrier, qu'il soit grand capitaine,
Je saurai bien rabattre une humeur [7] si hautaine.
Fût-il la valeur même, et le dieu des combats,
Il verra ce que c'est que de n'obéir pas.
Quoi qu'ait pu mériter une telle insolence,
570 Je l'ai [8] voulu d'abord traiter sans violence ;
Mais puisqu'il en abuse, allez dès aujourd'hui,
Soit qu'il résiste ou non, vous assurer de lui [9].

DON SANCHE. — Peut-être un peu de temps le rendrait moins rebelle :
On l'a pris tout bouillant encor de sa querelle ;
575 Sire, dans la chaleur d'un premier mouvement,
Un cœur si généreux [10] se rend malaisément.
Il voit bien qu'il a tort, mais une âme si haute
N'est pas sitôt réduite à confesser sa faute.

DON FERNAND. — Don Sanche, taisez-vous, et soyez averti
580 Qu'on se rend criminel à prendre [11] son parti.

DON SANCHE. — J'obéis, et me tais [12] ; mais de grâce encor, Sire,
Deux mots en [13] sa défense.

DON FERNAND. —   Et que pourrez-vous dire ?

DON SANCHE. — Qu'une âme accoutumée aux grandes actions
Ne se peut abaisser [14] à des submissions [15] :

---

1. « Le lieu le plus retiré dans le plus bel appartement des palais, des grandes maisons » (*Dict.* de Furetière, 1690). — 2. Voir la n. du v. 448. — 3. La scène se déplace dans une autre partie du palais, chez le roi : voir p. 30. — 4. Voir la n. du v. 407. — 5. Mon possible. — 6. Souci. — 7. Un caractère. — 8. Voir la n. du v. 10. — 9. L'arrêter. — 10. Voir la n. du v. 270. — 11. Voir la n. du v. 5. — 12. L'Académie remarquait que « disant *je me tais*, il ne devait point continuer de parler », ce qui montre le désir de critiquer à tout prix car elle ne pouvait ignorer que ce présent a la valeur d'un futur prochain. — 13. Pour. — 14. Voir la n. du v. 10. — 15. Voir la n. du v. 359.

⁵⁸⁵ Elle n'en conçoit point qui s'expliquent sans honte;
Et c'est à ce mot seul qu'a résisté le Comte ¹.
Il trouve en son devoir un peu trop de rigueur,
Et vous obéirait, s'il avait moins de cœur ².
Commandez que son bras, nourri ³ dans les alarmes,
⁵⁹⁰ Répare cette injure à la pointe des armes;
Il satisfera ⁴, Sire; et vienne qui voudra,
Attendant qu'il l'ait su, voici qui ⁵ répondra.

DON FERNAND. — Vous perdez le respect; mais je pardonne à l'âge,
Et j'excuse ⁶ l'ardeur en un jeune courage ⁷.
⁵⁹⁵ Un roi dont la prudence a de meilleurs objets
Est meilleur ménager ⁸ du sang de ses sujets :
Je veille pour les miens, mes soucis les conservent,
Comme le chef ⁹ a soin des membres qui le servent.
Ainsi votre raison n'est pas raison pour moi :
⁶⁰⁰ Vous parlez en soldat; je dois agir en roi;

---

1. Les premières éditions portaient : « Et c'est contre ce mot qu'a résisté le Comte. » Corneille paraît avoir suivi le point de vue de l'Académie selon laquelle « résister contre un mot » n'était pas très correct. — 2. Voir la n. du v. 120. — 3. L'Académie a relevé l'incohérence de cette métaphore : « on ne dit pas *nourrir un bras* ». — 4. Il donnera réparation. — 5. Don Sanche montre son épée : *qui* (= ce qui) pouvait être neutre au XVIIᵉ s. — 6. Le texte primitif disait *j'estime*. Corneille a senti que le roi ne pouvait aller plus loin que l'excuse devant des paroles qui justifient un rebelle. — 7. Métonymie pour : un jeune homme courageux. — 8. Plus économe. — 9. La tête.

● **L'actualité** — « Cette scène paraît presque aussi inutile que celle de l'Infante; elle avilit d'ailleurs le roi qui n'est point obéi. Après que le roi a dit *taisez-vous* [v. 579], pourquoi dit-il le moment d'après, *parlez* [allusion au v. 582]? et il ne résulte rien de cette scène » (Voltaire). — On pourrait faire cette réserve que la scène prépare l'arrivée des Mores et le duel de Don Sanche avec Rodrigue, mais la réserve est mince. Au contraire cette scène prendra quelque importance si, avec la critique actuelle (G. Couton, *Réalités dans le Cid*), on remarque que les allusions à l'actualité ne devaient pas manquer d'intéresser les auditeurs. On soulignera alors les vers qui posent la question de l'autorité du roi sur la noblesse et celle du duel.

① Relevez ces vers et tirez-en les conclusions qui s'imposent.

② Expliquez *vous perdez le respect* (v. 593) et le v. 600.

● **Les caractères** — A côté d'un roi, dont tous les commentateurs ont signalé que la faiblesse nuit à la grandeur tragique de la pièce, des barons orgueilleux et indépendants.

③ Comment se manifeste la faiblesse du roi? Expliquez *n'en parlons plus* (v. 607).

④ Définissez, d'après les v. 583-588, l'âme d'un baron féodal.

Et quoi qu'on veuille dire, et quoi qu'il ose croire,
Le Comte à m'obéir ne peut perdre sa gloire [1].
D'ailleurs l'affront me touche : il a perdu d'honneur
Celui que de mon fils j'ai fait le gouverneur;
[605] S'attaquer à mon choix, c'est se prendre à moi-même [2]
Et faire un attentat sur le pouvoir suprême.
N'en parlons plus. Au reste, on a vu dix vaisseaux
De nos vieux ennemis arborer les drapeaux;
Vers la bouche du fleuve [3] ils ont osé paraître.

DON ARIAS. — [610] Les Mores ont appris par force à vous connaître,
Et tant de fois vaincus, ils ont perdu le cœur [4]
De se plus hasarder [5] contre un si grand vainqueur.

DON FERNAND. — Ils ne verront jamais sans quelque jalousie
Mon sceptre, en dépit d'eux, régir l'Andalousie;
[615] Et ce pays si beau, qu'ils ont trop possédé,
Avec un œil d'envie est toujours regardé.
C'est l'unique raison qui m'a fait dans Séville [6]
Placer depuis dix ans le trône de Castille,
Pour les voir de plus près, et d'un ordre plus prompt
[620] Renverser aussitôt ce qu'ils entreprendront.

---

1. Voir la n. 6 du v. 97. — 2. Le texte primitif était (nous soulignons les expressions conservées) :

DON FERNAND. — Et par ce trait hardi d'une insolence extrême,
Il s'est pris *à mon choix*, il s'est pris *à moi-même*.
C'est moi qu'il satisfait en réparant ce tort.
N'en parlons plus, Au reste, on nous menace fort;
Sur un avis reçu je crains une surprise.
DON ARIAS. — *Les Mores* contre vous font-ils quelque entreprise ?
S'osent-ils préparer à des efforts nouveaux ?
DON FERNAND. — *Vers la bouche du fleuve* on a vu leurs vaisseaux,
*Et vous n'ignorez pas qu'avec fort peu de peine
Un flux de pleine mer jusqu'ici les amène.*
DON ARIAS. — Tant de combats perdus leur ont ôté le cœur
D'attaquer désormais *un si puissant vainqueur.*
DON FERNAND. — N'importe, ils ne sauraient qu'*avecque jalousie*
Voir *mon sceptre* aujourd'hui *régir l'Andalousie,*
Et ce pays si beau que j'ai conquis sur eux
Réveille à tous moments leurs desseins généreux.
C'est l'unique raison...

Observons d'abord que, dans la rédaction finale, l'arrivée des Mores est annoncée sans longueurs inutiles, ce qui accélère le mouvement dramatique. D'autre part, le v. 605 a pris le caractère général d'une maxime et a le balancement cornélien. Enfin, au v. 615, *qu'ils ont trop possédé* est plus énergique que ne l'était *que j'ai conquis sur eux* et, au v. 616, *avec un œil d'envie* convient mieux, en parlant d'ennemis, que *desseins généreux*. — 3. Le Guadalquivir. — 4. Voir la n. du v. 120. — 5. *De se hasarder* davantage. — 6. L'action de la pièce espagnole se passe à Burgos. Séville ne devait être conquise que deux cents ans plus tard. La nécessité de respecter les vingt-quatre heures (voir les v. 625-626) a imposé ce changement : voir l'*Examen* de la pièce, p. 117, l. 154 et suiv.

DON ARIAS.   — Ils savent aux dépens de leurs plus dignes [1] têtes,
Combien votre présence assure vos conquêtes :
Vous n'avez rien à craindre.

DON FERNAND. —   Et rien à négliger :
Le trop de confiance attire le danger;
625 Et vous n'ignorez pas qu'avec fort peu de peine [2]
Un flux de pleine mer jusqu'ici les amène.
Toutefois j'aurais tort de jeter dans les cœurs,
L'avis étant mal sûr [3], de paniques [4] terreurs.
L'effroi que produirait cette alarme [5] inutile,
630 Dans la nuit qui survient troublerait trop la ville :
Faites doubler la garde aux murs et sur le port.
C'est assez pour ce soir.

SCÈNE VII. — DON FERNAND, DON SANCHE,
DON ALONSE.

DON ALONSE. —   Sire, le Comte est mort :
Don Diègue, par son fils, a vengé son offense.

DON FERNAND. — Dès que j'ai su l'affront, j'ai prévu la vengeance;
635 Et j'ai voulu dès lors prévenir ce malheur.

DON ALONSE. — Chimène à vos genoux apporte sa douleur;
Elle vient tout en pleurs vous demander justice.

DON FERNAND. — Bien qu'à ses déplaisirs [6] mon âme compatisse,
Ce que le Comte a fait semble avoir mérité
640 Ce digne châtiment de sa témérité.
Quelque juste pourtant que puisse être sa peine,
Je ne puis sans regret perdre un tel capitaine.
Après un long service [7] à mon État rendu [8],
Après son sang pour moi mille fois répandu,
645 A quelques sentiments que son orgueil m'oblige,
Sa perte m'affaiblit, et son trépas m'afflige.

---

1. « D'élite, méritant, en parlant de personnes » (*Dict.* de Furetière, 1690). Aujourd'hui, ce mot, employé sans complément, signifie : honorable, grave (pour *digne* appliqué aux choses, voir le v. 22). — 2. Le texte primitif était : « Et le même ennemi que l'on vient de détruire — S'il sait prendre son temps est capable de nuire. » La seconde rédaction évite une banalité et fait une allusion utile à l'unité de temps. — 3. *Mal* avec le sens de *peu* (emploi courant au XVIIe s.) : cf. malpropre, malhonnête. — 4. Soudaines et sans fondement. Employé d'abord comme adjectif, le mot l'a été ensuite comme nom pour désigner une terreur généralement collective, sans proportion avec la cause. — 5. Émotion causée par les ennemis. — 6. Voir la n. du v. 139. — 7. *Service* de guerre. — 8. Latinisme courant au XVIIe s. : on disait « Mon voyage dépeint » pour : la peinture de mon voyage.

Mise en scène de Terry Hands ▲
Comédie-Française 1977
Décors et costumes Abdelkader Farrah
François Beaulieu (RODRIGUE)
Nicolas Silberg (DON ARIAS)

Ph. © Lipnitzki Roger-Viollet/T.

▼ Mise en scène de
Gabriel Axel
Théâtre des Nations
1954
Décors et costumes
Jorgen Hansen

François Beaulieu (RODRIGUE)
Ludmilla Mikael (CHIMÈNE)
Comédie-Française 1977
Mise en scène de Terry Hands

2 Ph. © Agence Bernand-Photeb

Décors et
costumes
Abdelkader
Farrah

Simon Eine
(DON GOMES)
Francis Huster
(DON SANCHE)

SCÈNE VIII. — DON FERNAND, DON DIÈGUE,
CHIMÈNE, DON SANCHE, DON ARIAS,
DON ALONSE.

CHIMÈNE.	— Sire, Sire, justice!
DON DIÈGUE. —	Ah! Sire, écoutez-nous.
CHIMÈNE.	— Je me jette à vos pieds.
DON DIÈGUE. —	J'embrasse vos genoux.
CHIMÈNE.	— Je demande justice.
DON DIÈGUE. —	Entendez ma défense.
CHIMÈNE.	-650 D'un jeune audacieux punissez l'insolence [1] :
	Il a de votre sceptre abattu le soutien,
	Il a tué mon père.
DON DIÈGUE. —	Il a vengé le sien.
CHIMÈNE.	— Au sang de ses sujets un roi doit la justice.
DON DIÈGUE.	— Pour la juste vengeance il n'est point de supplice [2].
DON FERNAND.	655 Levez-vous l'un et l'autre, et parlez à loisir.
	Chimène, je prends part à votre déplaisir [3];
	D'une égale douleur je sens mon âme atteinte.
	(A don Diègue.)
	Vous parlerez après; ne troublez pas sa plainte.
CHIMÈNE.	— Sire, mon père est mort; mes yeux ont vu son sang
	660 Couler à gros bouillons de son généreux [4] flanc;
	Ce sang qui tant de fois garantit vos murailles,
	Ce sang qui tant de fois vous gagna des batailles,
	Ce sang qui tout sorti fume encor de courroux
	De se voir répandu pour d'autres que pour vous,
	665 Qu'au milieu des hasards n'osait verser la guerre,
	Rodrigue en votre cour vient d'en couvrir la terre [5].

---

1. Texte primitif :

  CHIMÈNE. — Vengez-moi d'une mort...
  DON DIÈGUE. — Qui punit l'insolence.
  CHIMÈNE. — Rodrigue, Sire...
  DON DIÈGUE. — A fait un coup d'homme de bien.
Les interruptions systématiques de Don Diègue manquaient de tact. — 2. Le texte primitif *Une vengeance juste est sans peur du supplice* respirait davantage l'indépendance féodale. — 3. Voir la n. du v. 116. — 4. Voir la n. du v. 270. — 5. Entre les v. 666 et 667, quatre vers ont été supprimés :

  Et pour son coup d'essai son indigne attentat
  D'un si ferme soutien a privé votre État,
  De vos meilleurs soldats abattu l'assurance
  Et de vos ennemis relevé l'espérance.

Ils interrompaient fâcheusement le récit de la mort du comte et ils faisaient double emploi avec les v. 683-684, 687-688 et 696. D'autre part, l'image qui se prolonge du v. 659 au v. 666 et qui nous paraît aujourd'hui beaucoup trop appuyée ne choquait pas alors.

J'ai couru sur le lieu, sans force et sans couleur :
Je l'ai trouvé sans vie. Excusez ma douleur.
Sire, la voix me manque à ce récit funeste [1];
670 Mes pleurs et mes soupirs vous diront mieux le reste.

DON FERNAND. — Prends courage, ma fille, et sache qu'aujourd'hui
Ton roi te veut servir de père au lieu de lui.

CHIMÈNE. — Sire, de trop d'honneur ma misère est suivie.
Je vous l'ai déjà dit, je l'ai trouvé sans vie;
675 Son flanc était ouvert; et, pour mieux m'émouvoir [2],
Son sang sur la poussière écrivait mon devoir;
Ou plutôt sa valeur en cet état réduite
Me parlait par sa plaie, et hâtait ma poursuite;
Et, pour se faire entendre au plus juste des rois,
680 Par cette triste bouche elle empruntait ma voix [3].

Sire, ne souffrez pas que sous votre puissance
Règne devant vos yeux une telle licence;
Que les plus valeureux, avec impunité,
Soient exposés aux coups de la témérité;
685 Qu'un jeune audacieux triomphe de leur gloire,
Se baigne dans leur sang, et brave leur mémoire.
Un si vaillant guerrier qu'on vient de vous ravir
Éteint, s'il n'est vengé, l'ardeur de vous servir.
Enfin mon père est mort, j'en demande vengeance,
690 Plus pour votre intérêt que pour mon allégeance [4].
Vous perdez en la mort d'un homme de son rang :
Vengez-la par une autre, et le sang par le sang.
Immolez, non à moi, mais à votre couronne,
Mais à votre grandeur, mais à votre personne;
695 Immolez, dis-je, Sire, au bien de tout l'État
Tout ce qu'enorgueillit un si haut attentat [5].

DON FERNAND. — Don Diègue, répondez.

---

1. Sens étymologique : qui concerne la mort (nous dirions *funèbre*) et non, comme aujourd'hui : qui entraîne la mort. — 2. Le texte primitif du v. 675 était : Il ne me parla point, mais pour mieux m'émouvoir... » Corneille, après avoir voulu faire une belle anti-thèse entre *il ne me parla point* et *écrivit*, a modifié son texte pour éviter le rapprochement bizarre de *je l'ai trouvé sans vie* et *il ne me parla point*. — 3. Guilhem de Castro avait écrit : « Il me parlait par les lèvres de sa blessure. » Les v. 677-680 développent cette image. Mais, malgré l'autorité du modèle espagnol et le goût de l'époque pour des images qui nous paraissent forcées (voir p. 62, n. 5), l'Académie a blâmé cette pointe; de même l'auteur du libelle *le Jugement du Cid composé par un bourgeois de Paris*. — 4. Allègement; le mot était déjà archaïque, dans ce sens, en 1637. — 5. Le texte primitif des v. 693-696 :

Sacrifiez don Diègue et toute sa famille
A vous, à votre peuple, à toute la Castille.
Le soleil qui voit tout ne voit rien sous les cieux
Qui vous puisse payer un sang si précieux...

rompait le mouvement oratoire; et surtout l'argument du dernier vers de la rédaction définitive est plus capable de toucher le roi.

DON DIÈGUE. —   Qu'on est digne d'envie
Lorsqu'en perdant la force on perd aussi la vie,
Et qu'un long âge [1] apprête aux hommes généreux [2],
700 Au bout de leur carrière, un destin malheureux !
Moi, dont les longs travaux ont acquis tant de gloire,
Moi, que jadis partout a suivi la victoire [3],
Je me vois aujourd'hui, pour avoir trop vécu,
Recevoir un affront et demeurer vaincu.
705 Ce que n'a pu jamais combat, siège, embuscade,
Ce que n'a pu jamais Aragon ni Grenade [4],
Ni tous vos ennemis, ni tous mes envieux,
Le Comte en votre cour l'a fait presque à vos yeux,
Jaloux de votre choix, et fier de l'avantage
710 Que lui donnait sur moi l'impuissance de l'âge [5].
     Sire, ainsi ces cheveux blanchis sous le harnois [6],
Ce sang pour vous servir prodigué tant de fois,
Ce bras, jadis l'effroi d'une armée ennemie,
Descendaient [7] au tombeau tout chargés d'infamie,
715 Si je n'eusse produit un fils digne de moi,
Digne de son pays et digne de son roi,
Il m'a prêté sa main, il a tué le Comte ;
Il m'a rendu l'honneur, il a lavé ma honte.
Si montrer du courage et du ressentiment [8],
720 Si venger un soufflet mérite un châtiment,
Sur moi seul doit tomber l'éclat de la tempête :
Quand le bras a failli, l'on en [9] punit la tête.
Qu'on nomme crime, ou non, ce qui fait nos débats [10],
Sire, j'en suis la tête, il n'en est que le bras.
725 Si Chimène se plaint qu'il a tué son père,
Il ne l'eût jamais fait si je l'eusse pu faire.
Immolez donc ce chef [11] que les ans vont ravir,
Et conservez pour vous le bras qui peut servir.
Aux dépens de mon sang satisfaites Chimène :
730 Je n'y résiste point, je consens à ma peine ;

---

1. Une longue vie. Cette proposition est une principale exclamative, coordonnée à *qu'on est digne d'envie*. — 2. Voir la n. du v. 270. — 3. L'Académie blâmait ici l'orgueil de don Diègue en présence du roi. C'est que ce qu'il y avait d'indépendance féodale, dans cette pièce, commençait à échapper aux contemporains de Corneille, spécialement aux membres d'une institution dont l'existence même était un des signes des progrès de l'autorité royale. — 4. Ces territoires étaient alors indépendants : voir le v. 197. — 5. Texte primitif des v. 709-710 : « Et souillé sans respect l'honneur de ma vieillesse, — Avantage de l'âge et fort de ma faiblesse. » *Jaloux de votre choix* est évidemment plus propre à irriter le roi. — 6. L'équipement d'un soldat. — 7. Cet imparfait à valeur d'irréel (seraient descendus) montre mieux l'imminence du danger. — 8. Voir la n. du v. 263. — 9. *En* renvoie à l'idée de *faute* qu'on tire de *a failli*. — 10. Le texte primitif était : « Du crime glorieux qui cause nos débats ». Corneille a donc tenu compte de cette observation de l'Académie : « On ne peut pas donner une tête et des bras à un crime. » — 11. Voir la n. du v. 598.

>   Et loin de murmurer d'un rigoureux [1] décret,
>   Mourant sans déshonneur, je mourrai sans regret.
>
> DON FERNAND.   — L'affaire est d'importance, et, bien considérée,
>   Mérite en plein conseil d'être délibérée.
>   735   Don Sanche, remettez Chimène en sa maison.
>   Don Diègue aura ma cour et sa foi pour prison.
>   Qu'on me cherche son fils. Je vous ferai justice.
>
> CHIMÈNE.   — Il est juste, grand Roi, qu'un meurtrier périsse.
> DON FERNAND.   — Prends du repos, ma fille, et calme tes douleurs.
> CHIMÈNE.   740 M'ordonner du repos, c'est croître [2] mes malheurs.

---

1. Texte primitif : *injuste*. L'Académie avait jugé le terme offensant pour le roi. —
2. *Croître*, comme factitif (faire croître), n'était admis, par Vaugelas, qu'en poésie.

- **L'action** — Voltaire dit, à propos de cette scène : « Le premier mot de Chimène est de demander justice contre un homme qu'elle adore : c'est peut-être la plus belle des situations. Quand, dans l'action, il ne s'agit que de l'amour, cette passion n'est pas tragique [...]. Mais Chimène fera-t-elle couler le sang du Cid ? Qui l'emportera d'elle ou de Don Diègue ? tous les esprits sont en suspens, tous les cœurs sont émus. »
  ① En tenant compte de cette appréciation de Voltaire, montrez que la grandeur tragique du plaidoyer de Chimène (v. 673-696) tient précisément à l'habileté et à la force qu'elle déploie pour faire condamner Rodrigue :
  — Montrez qu'elle emploie les arguments les plus propres à éveiller la susceptibilité d'un roi jaloux de son autorité;
  — qu'elle s'adresse à la sensibilité du roi, puis à sa raison et surtout à son intérêt de monarque : précisez en particulier ce qui fait la force de *enorgueillit* (v. 696).
  ② Mais montrez aussi avec quelle habileté don Diègue retourne contre Chimène ses propres arguments : v. 697-732.
- **L'actualité** — Cette scène pose constamment le problème des relations des féodaux avec le pouvoir royal.
  ⑧ Relevez les vers qui, de ce point de vue, devaient avoir le plus de résonance dans un auditoire de 1637.
- **Les caractères** — Montrez ce que la faiblesse du roi enlève à la grandeur tragique de cette scène.
- **Le style** — A propos des v. 659-666, Voltaire, pourtant généralement sévère sur ce point, sait faire la part du goût de l'époque : « Scudéri, dit-il, ne reprit point ces hyperboles poétiques qui, n'étant point dans la nature, affaiblissent le pathétique de ce discours [...]. Scudéri, beaucoup plus accoutumé que Corneille à ces figures outrées et puériles, ne remarqua pas même en autrui, tout éclairé qu'il était par l'envie, une faute qu'il ne sentait pas dans lui-même. » Voltaire fait allusion ici au langage de la préciosité dont Corneille subit, lui aussi, l'influence.

ACTE III

Scène première. — DON RODRIGUE, ELVIRE.

ELVIRE. Rodrigue, qu'as-tu fait ? où viens-tu, misérable ?

DON RODRIGUE. — Suivre le triste cours de mon sort déplorable.

ELVIRE. Où prends-tu cette audace et ce nouvel orgueil,
De paraître en des lieux que tu remplis de deuil ?
745 Quoi ? viens-tu jusqu'ici braver l'ombre du Comte ?
Ne l'as-tu pas tué ?

DON RODRIGUE. — Sa vie était ma honte :
Mon honneur de ma main a voulu cet effort.

ELVIRE. — Mais chercher ton asile en la maison du mort !
Jamais un meurtrier en fit-il son refuge ?

DON RODRIGUE. -750 Et je n'y viens aussi que m'offrir à mon juge.
Ne me regarde plus d'un visage étonné;
Je cherche le trépas après l'avoir donné.
Mon juge est mon amour, mon juge est ma Chimène :
Je mérite la mort de mériter [1] sa haine,
755 Et j'en viens recevoir, comme un bien souverain,
Et l'arrêt de sa bouche, et le coup de sa main.

ELVIRE. — Fuis plutôt de ses yeux, fuis de sa violence;
A ses premiers transports dérobe ta présence :
Va, ne t'expose point aux premiers mouvements
760 Que poussera [2] l'ardeur de ses ressentiments.

DON RODRIGUE. —Non, non, ce cher objet à qui j'ai pu déplaire
Ne peut pour mon supplice avoir trop de colère;
Et j'évite cent morts qui me vont accabler,
Si pour mourir plus tôt je puis la [3] redoubler.

ELVIRE. -765 Chimène est au palais, de pleurs toute baignée,
Et n'en reviendra point que bien accompagnée.
Rodrigue, fuis, de grâce : ôte-moi de souci [4].
Que ne dira-t-on point si l'on te voit ici ?
Veux-tu qu'un médisant, pour comble à sa misère,
770 L'accuse d'y souffrir l'assassin de son père ?
Elle va revenir; elle vient, je la vois [5] :
Du moins, pour son honneur, Rodrigue, cache-toi.

---

1. Puisque je mérite. — 2. *Mouvements* (impulsions) et *poussera* (provoquera), appartiennent au langage de la galanterie. De même *objet* (personne aimée, v. 761) et *cent morts* (cent tourments mortels, v. 763). — 3. La colère de Chimène. — 4. « On dit ôtez-moi de peine pour tirez-moi de peine » (*Dict. de l'Académie*, 1694). — 5. Orthographe admise en poésie jusqu'au XVIIIᵉ s.

Scène II. — DON SANCHE, CHIMÈNE, ELVIRE.

DON SANCHE.

— Oui, Madame, il vous faut de sanglantes victimes :
Votre colère est juste, et vos pleurs légitimes;
775 Et je n'entreprends pas, à force de parler,
Ni de vous adoucir, ni de vous consoler.
Mais si de vous servir je puis être capable,
Employez mon épée à punir le coupable;
Employez mon amour à venger cette mort [1] :
780 Sous vos commandements mon bras sera trop fort.

CHIMÈNE.

— Malheureuse!

DON SANCHE.

        De grâce, acceptez mon service [2].

CHIMÈNE.

— J'offenserais le Roi, qui m'a promis justice.

DON SANCHE.

— Vous savez qu'elle [3] marche avec tant de langueur,
Qu'assez souvent le crime échappe à sa longueur [4];
785 Son cours lent et douteux fait trop perdre de larmes.
Souffrez qu'un cavalier [5] vous venge par les armes :
La voie en est plus sûre, et plus prompte à punir.

CHIMÈNE.

— C'est le dernier remède; et s'il faut y venir,
Et que de mes malheurs cette pitié vous dure,
790 Vous serez libre alors de venger mon injure.

DON SANCHE.

— C'est l'unique bonheur où [6] mon âme prétend;
Et, pouvant l'espérer, je m'en vais trop content [7].

Scène III. — CHIMÈNE, ELVIRE.

CHIMÈNE.

— Enfin je me vois libre, et je puis sans contrainte
De mes vives douleurs te faire voir l'atteinte;
795 Je puis donner passage à mes tristes soupirs;
Je puis t'ouvrir mon âme et tous mes déplaisirs [8].
    Mon père est mort, Elvire; et la première épée
Dont s'est armé Rodrigue, a sa trame coupée [9].

---

1. Don Sanche offre à Chimène, selon les lois de l'honneur féodal, le duel judiciaire. Elle ne l'acceptera que plus tard, à contre-cœur. — 2. Sens féodal : obligation du chevalier envers sa dame. — 3. Voir la n. du v. 222. — 4. Son retard. — 5. Voir la n. du v. 82. — 6. Voir la n. 5 du v. 97. — 7. Voir la n. du v. 52. — 8. Voir la n. du v. 116. — 9. A l'origine, le participe conjugué avec *avoir* indiquait un état, l'auxiliaire gardant quelque chose de son sens plein (posséder). Ainsi s'explique qu'ils pouvaient être séparés.

Pleurez, pleurez, mes yeux, et fondez-vous en eau !
800 La moitié de ma vie a mis l'autre au tombeau,
Et m'oblige à venger, après ce coup funeste,
Celle que je n'ai plus sur celle qui me reste.

ELVIRE. — Reposez-vous [1], Madame.

CHIMÈNE.   Ah ! que mal à propos
Dans un malheur si grand tu parles de repos !
805 Par où sera jamais ma douleur apaisée,
Si je ne puis haïr la main qui l'a causée ?
Et que dois-je espérer qu'un [2] tourment éternel,
Si je poursuis un crime, aimant le criminel ?

ELVIRE. — Il vous prive d'un père, et vous l'aimez encore !

CHIMÈNE. 810 C'est peu de dire aimer, Elvire : je l'adore ;
Ma passion s'oppose à mon ressentiment [3] ;
Dedans [4] mon ennemi je trouve mon amant [5] ;
Et je sens qu'en dépit de toute ma colère,
Rodrigue dans mon cœur combat encor mon père :
815 Il l'attaque, il le presse, il cède, il se défend,
Tantôt fort, tantôt faible, et tantôt triomphant ;
Mais, en ce dur combat de colère et de flamme [6],
Il déchire mon cœur sans partager mon âme [7],
Et quoi que mon amour ait sur moi de pouvoir [8],
820 Je ne consulte point [9] pour suivre mon devoir :
Je cours sans balancer où mon honneur m'oblige.
Rodrigue m'est bien cher, son intérêt [10] m'afflige ;
Mon cœur prend son parti ; mais, malgré son effort,
Je sais ce que je suis, et que mon père est mort.

ELVIRE. 825 Pensez-vous le poursuivre ?

CHIMÈNE.   Ah ! cruelle pensée !
Et cruelle poursuite où [11] je me vois forcée !
Je demande sa tête, et crains de l'obtenir :
Ma mort suivra la sienne, et je le [12] veux punir !

ELVIRE. — Quittez, quittez, Madame, un dessein si tragique ;
830 Ne vous imposez point de loi si tyrannique.

CHIMÈNE. — Quoi ! mon père étant mort, et presque entre mes bras,
Son sang criera vengeance, et je ne l'orrai [13] pas !
Mon cœur, honteusement surpris par d'autres [charmes [14],
Croira ne lui devoir que d'impuissantes larmes !

---

1. Calmez-vous. — 2. Sinon un. — 3. Voir la n. du v. 263. — 4. Voir la n. du v. 138. —
5. Voir la n. du v. 16. — 6. Voir la n. du v. 6. — 7. Le *cœur* désigne la sensibilité, l'*âme*
la volonté. — 8. Quelque pouvoir que mon amour ait sur moi. — 9. Je n'hésite pas ;
même sens que *balancer* au v. 821. — 10. L'amour que j'ai pour lui (voir le v. 63). — 11.
Voir la n. du v. 97. — 12. Voir la n. du v. 10. — 13. Futur de *ouïr*, que l'homonymie
avec *aurai* faisait abandonner dès cette époque. — 14. Voir la n. du v. 3.

⁸³⁵ Et je pourrai souffrir qu'un amour suborneur [1]
Sous un lâche silence étouffe mon honneur !

ELVIRE. — Madame, croyez-moi, vous serez excusable
D'avoir moins de chaleur contre un objet [2] aimable,
Contre un amant [3] si cher : vous avez assez fait,
⁸⁴⁰ Vous avez vu le Roi ; n'en pressez point l'effet,
Ne vous obstinez point en cette humeur étrange.

CHIMÈNE. — Il y va de ma gloire [4], il faut que je me venge ;
Et de quoi que nous flatte [5] un désir amoureux,
Toute excuse est honteuse aux esprits généreux [6].

ELVIRE. ⁸⁴⁵ Mais vous aimez Rodrigue, il ne vous peut déplaire.
CHIMÈNE. — Je l'avoue.
ELVIRE. —   Après tout, que pensez-vous donc faire ?
CHIMÈNE. — Pour conserver ma gloire [7] et finir mon ennui [8],
Le poursuivre, le perdre, et mourir après lui.

---

1. Voir la n. du v. 337. — 2. Voir le v. 761. — 3. Voir la n. du v. 16. — 4. Voir
la n. du v. 97. — 5. Voir la n. du v. 275. — 6. Voir la n. du v. 270. — 7. Voir le v. 842.
— 8. Voir la n. du v. 448.

* **Les règles** — *Les bienséances :* La visite de Rodrigue à Chimène a été
vivement critiquée (voir l'*Examen*, p. 115, l. 74-103). Voltaire l'excuse
parce que : 1° « cette faute est de l'auteur espagnol » ; 2° « Quelque
répugnance qu'on ait à voir Rodrigue chez Chimène, on oublie presque
où il est ; on n'est occupé que de la situation. » C'est là, sur cette question,
le point de vue actuel.

* **Les caractères** — La scène 3 nous permet de savoir en quoi consiste, chez
Chimène, le conflit passion-devoir et ce qui en fait la grandeur tragique.
Rappelons le point de vue longtemps admis et que formule ainsi
Péguy *(Note conjointe sur Descartes) :* « Le devoir est une grandeur et
une noblesse et [...] la passion [...] une faiblesse et certainement une
bassesse. » Et Péguy d'ajouter aussitôt : « En réalité le conflit dans
Corneille ce n'est pas un conflit entre le devoir qui serait une
hauteur et la passion qui serait une bassesse. C'est un débat tragique
entre une grandeur et une autre grandeur, entre une noblesse et une
autre noblesse, entre l'honneur et l'amour. » Ajoutons cette remarque
de M. Adam sur le héros cornélien : « Il accepte dans leur plénitude
les exigences de ces devoirs contraires. »
Telle est précisément la grandeur tragique du rôle de Chimène : dès
cette scène et jusqu'à la fin, elle sera déchirée entre deux obligations
également impérieuses, d'une égale valeur, et sa morale lui rend
toute fuite impossible (cf. v. 844).
① D'après les v. 810-848, précisez la situation morale de Chimène :
expliquez le v. 818 ; montrez par quels sentiments elle passe successi-
vement et relevez les vers qui soulignent le plus fortement les contradictions qui la tourmentent.

Scène IV. — DON RODRIGUE, CHIMÈNE, ELVIRE.

DON RODRIGUE. — Eh bien! sans vous donner la peine de poursuivre,

⁸⁵⁰ Assurez-vous l'honneur de m'empêcher de vivre[1].

CHIMÈNE. — Elvire, où sommes-nous, et qu'est-ce que je vois[2]?

Rodrigue en ma maison! Rodrigue devant moi!

DON RODRIGUE. — N'épargnez point mon sang : goûtez sans résistance

La douceur de ma perte et de votre vengeance.

CHIMÈNE. ⁸⁵⁵ Hélas!

DON RODRIGUE. — Écoute-moi.

CHIMÈNE. — Je me meurs.

DON RODRIGUE. — Un moment.

CHIMÈNE. — Va, laisse-moi mourir.

DON RODRIGUE. — Quatre mots seulement :

Après, ne me réponds qu'avecque[3] cette épée.

CHIMÈNE. — Quoi! du sang de mon père encor toute trempée!

DON RODRIGUE. — Ma Chimène...

CHIMÈNE. — Ote-moi cet objet odieux,

⁸⁶⁰ Qui reproche ton crime et ta vie à mes yeux.

DON RODRIGUE. — Regarde-le plutôt pour exciter ta haine,

Pour croître[4] ta colère et pour hâter ma peine.

CHIMÈNE. — Il est teint de mon sang.

DON RODRIGUE. — Plonge-le dans le mien,

Et fais-lui perdre ainsi la teinture[5] du tien.

CHIMÈNE. ⁸⁶⁵ Ah! quelle cruauté, qui tout en un jour tue

Le père par le fer, la fille par la vue!

Ote-moi cet objet, je ne le puis souffrir :

Tu veux que je t'écoute, et tu me fais mourir!

DON RODRIGUE. — Je fais ce que tu veux, mais sans quitter l'envie

⁸⁷⁰ De finir par tes mains ma déplorable vie;

Car enfin n'attends pas de mon affection

Un lâche repentir d'une bonne action.

---

1. La rédaction primitive *Soûlez-vous du plaisir de m'empêcher de vivre* avait été jugée faible par l'Académie. Certes *soûler* n'avait pas l'acception péjorative qu'il a aujourd'hui, mais *honneur* convient mieux que *plaisir* à la morale de Chimène et à la grandeur tragique. — 2. Orthographe étymologique qui n'était déjà plus conservée que pour la rime. — 3. Orthographe déjà archaïque de *avec*. A propos de ce geste, Corneille dit, dans l'*Examen* (p. 115, l. 97 et suiv.) : « Cette offre que fait Rodrigue de son épée à Chimène, et cette protestation de se laisser tuer par don Sanche, ne me plairaient pas maintenant. » — 4. Voir la n. du v. 740. — 5. C'est une de ces images que, dans l'*Examen* (p. 115, l. 92), Corneille trouve « trop spirituelles pour partir de personnes fort affligées ». Voltaire remarque que « cela n'a point été repris par l'Académie »; mais, ajoute-t-il, « je doute que cette *teinture* réussît encore aujourd'hui. Le désespoir n'a pas de réflexions si fines, et j'oserais ajouter si fausses. »

L'irréparable effet d'une chaleur trop prompte
Déshonorait mon père, et me couvrait de honte [1].
875 Tu sais comme un soufflet touche un homme de cœur [2];
J'avais part à l'affront, j'en ai cherché l'auteur :
Je l'ai vu, j'ai vengé mon honneur et mon père;
Je le ferais encor, si j'avais à le faire [3].
Ce n'est pas qu'en effet [4] contre mon père et moi
880 Ma flamme assez longtemps n'ait combattu pour toi;
Juge de son pouvoir : dans une telle offense
J'ai pu délibérer si j'en prendrais vengeance.
Réduit à te déplaire, ou souffrir [5] un affront,
J'ai pensé qu'à son tour mon bras était trop prompt [6];
885 Je me suis accusé de trop de violence;
Et ta beauté sans doute emportait [7] la balance,
A moins que d'opposer à tes plus forts appas [8]
Qu'un homme sans honneur ne te méritait pas;
Que, malgré cette part que j'avais en ton âme,
890 Qui m'aima généreux [9] me haïrait infâme;
Qu'écouter ton amour, obéir à sa voix,
C'était m'en rendre indigne et diffamer [10] ton choix.

---

1. Texte primitif : « De la main de ton père un coup *irréparable* — Déshonorait du mien la vieillesse honorable. » La correction a supprimé des rimes banales. De plus, *chaleur trop prompte* contient une excuse pour le geste du comte; enfin le second vers, dans sa forme définitive, marque mieux la solidarité de la famille féodale. — 2. Voir la n. du v. 120. — 3. Ce vers, bien cornélien, se retrouve dans *Polyeucte* (v. 1671). — 4. En réalité. — 5. *Ou* à *souffrir.* — 6. La forme primitive *J'ai retenu ma main, j'ai cru mon bras trop prompt* était bien médiocre à cause de la redite. — 7. Aurait emporté. — 8. A tes appas qui, sans cela, auraient été les plus forts. — 9. Voir la n. du v. 270. — 10. Déconsidérer involontairement.

● **Les règles** — Bienséances, vraisemblance, tout semblait s'opposer à cette scène, et la raison technique qui l'imposait (les vingt-quatre heures) était une mince justification. Mais tout le monde a été d'accord pour reconnaître que ces considérations avaient peu de poids au regard de l'effet produit : le public même de Corneille (voir l'*Examen*, p. 115, l. 82-86); Voltaire (voir p. 69); enfin M. Nadal qui écrit : « Corneille se sentait pressé par une nécessité plus impérieuse que les règles, par une vérité plus vraie que la vie même; une curiosité, un besoin spirituel exigeaient cette confrontation. Qu'aurait importé une histoire du Cid en dehors de ce colloque suprême que la pensée et l'art ne peuvent éviter? »

① A propos de cette scène, il conviendra de réfléchir à la remarque de La Bruyère (I, 30) : « Quelle prodigieuse distance entre un bel ouvrage et un ouvrage parfait ou régulier [...] *Le Cid* n'a eu qu'une voix pour lui à sa naissance, qui a été celle de l'admiration. »

Je te le dis encore; et quoique j'en soupire,
Jusqu'au dernier soupir je veux bien [1] le redire :
895 Je t'ai fait une offense, et j'ai dû m'y porter
Pour effacer ma honte, et pour te mériter;
Mais quitte envers l'honneur, et quitte envers mon père,
C'est maintenant à toi que je viens satisfaire [2] :
C'est pour t'offrir mon sang qu'en ce lieu tu me vois.
900 J'ai fait ce que j'ai dû, je fais ce que je dois.
Je sais qu'un père mort [3] t'arme contre mon crime;
Je ne t'ai pas voulu dérober ta victime :
Immole avec courage au sang qu'il a perdu
Celui qui met sa gloire à l'avoir répandu.

CHIMÈNE. 905 Ah! Rodrigue, il est vrai, quoique ton ennemie,
Je ne puis te blâmer d'avoir fui l'infamie;
Et de quelque façon qu'éclatent mes douleurs,
Je ne t'accuse point, je pleure mes malheurs.
Je sais ce que l'honneur, après un tel outrage,
910 Demandait à l'ardeur d'un généreux [4] courage [5] :
Tu n'as fait le devoir que d'un [6] homme de bien;
Mais aussi, le faisant, tu m'as appris le mien.
Ta funeste [7] valeur m'instruit par ta victoire;
Elle a vengé ton père et soutenu ta gloire [8] :
915 Même soin [9] me regarde, et j'ai, pour m'affliger,
Ma gloire à soutenir, et mon père à venger.
Hélas! ton intérêt [10] ici me désespère :
Si quelque autre malheur m'avait ravi mon père,
Mon âme aurait trouvé dans le bien [11] de te voir
920 L'unique allégement qu'elle eût pu recevoir;
Et contre ma douleur j'aurais senti des charmes [12],
Quand une main si chère eût essuyé mes larmes.
Mais il me faut te perdre après t'avoir perdu;
Cet effort sur ma flamme à mon honneur est dû;
925 Et cet affreux devoir, dont l'ordre m'assassine,
Me force à travailler moi-même à ta ruine.
Car enfin n'attends pas de mon affection
De lâches sentiments pour ta punition [13].

---

1. *Bien* ne porte pas sur *veux* pour l'atténuer, mais sur *redire* pour le renforcer : je veux le redire avec force. — 2. Offrir une réparation d'honneur. — 3. Voir la n. du v. 643. — 4. Voir la n. du v. 270. — 5. Voir la n. du v. 120. — 6. D'autre devoir que celui d'un. — 7. Voir la n. du v. 669. — 8. Voir la n. du v. 97. — 9. Voir la n. du v. 562. — 10. Voir la n. des v. 822 et 63 (pour le sens du possessif). — 11. Le bonheur. — 12. Voir la n. du v. 3. — 13. Reprise à peu près littérale des v. 871-872.

> De quoi qu'en ta faveur notre amour m'entretienne,
> 930 Ma générosité [1] doit répondre à la tienne :
> Tu t'es, en m'offensant, montré digne de moi ;
> Je me dois, par ta mort, montrer digne de toi.

DON RODRIGUE. — Ne diffère donc plus ce que l'honneur t'ordonne :
Il demande ma tête, et je te l'abandonne ;

---

1. Voir la n. du v. 270.

● **Les caractères** — M. Nadal dit, à propos du rôle de RODRIGUE, dans cette scène : « Ni mensonge, ni calcul, on veut le croire, n'altère sa fervente prière : il peut bien imaginer et même désirer qu'un devoir de vengeance, aussi dur que celui qui le tourmenta, habite Chimène et lui commande de le tuer. »

Non seulement on peut mais on doit le croire :

— c'est bien parce qu'il se faisait de Chimène cette idée que, pour mériter son estime, Rodrigue a tué son père : voir les v. 324 et 888-892 ;

— si l'on supposait, de la part de Rodrigue, le moindre calcul, il y aurait, entre son attitude et celle de Chimène, une discordance qui heurterait le bon goût.

Cependant, M. Nadal parle de *chantage* et dit qu' « il y a du mépris dans cet acharnement de Rodrigue à poursuivre Chimène comme une proie » et qu'il « poursuit une dialectique qui rassemble les meilleurs arguments destinés à forcer les hésitations de Chimène », mettant ainsi en cause sa sincérité.

① Relevez les arguments de Rodrigue et demandez-vous s'il y a calcul ou si sa dialectique n'est pas plutôt un moyen, pour Corneille, d'accroître l'intensité dramatique de la situation avec laquelle Chimène se trouve aux prises.

Alors que Rodrigue a accompli une partie de son devoir (il a satisfait à l'honneur) et que, pour cette raison, l'intensité dramatique de son rôle paraît moindre, CHIMÈNE est toujours partagée entre deux devoirs également impérieux. Elle voit sa situation avec une parfaite lucidité, ce qui en accroît l'intensité dramatique.

② Dans les v. 905-932, montrez avec quelle rigueur logique s'enchaînent les idées.

③ Relevez les vers qui, par la fermeté du style, soulignent la lucidité de Chimène.

④ Montrez que les v. 918-922, loin de former une digression pendant laquelle Chimène oublierait son devoir, ne font qu'accentuer sa rigueur morale.

Mais, et c'est là un trait de vérité psychologique, Chimène n'est pas à l'abri d'une défaillance ; ce fléchissement, qui est le signe d'un nouveau désarroi, se marque aux v. 982-984. Chimène réagira comme elle pourra au v. 992.

⑤ En tenant compte de ce que vous savez maintenant de Chimène, expliquez *O miracle d'amour !* et la réplique *O comble de misères !* (v. 985).

	[935] Fais-en un sacrifice à ce noble intérêt : Le coup m'en sera doux, aussi bien que l'arrêt. Attendre après mon crime une lente justice, C'est reculer ta gloire [1] autant que mon supplice. Je mourrai trop heureux, mourant d'un coup si beau.
CHIMÈNE.	—[940] Va, je suis ta partie [2], et non pas ton bourreau. Si tu m'offres ta tête, est-ce à moi de la prendre ? Je la [3] dois attaquer, mais tu dois la défendre ; C'est d'un autre que toi qu'il me faut l'obtenir, Et je dois te poursuivre, et non pas te punir.
DON RODRIGUE.	—[945] De quoi qu'en ma faveur notre amour t'entretienne, Ta générosité [4] doit répondre à la mienne [5] ; Et pour venger un père emprunter d'autres bras, Ma Chimène, crois-moi, c'est n'y répondre pas : Ma main seule du mien a su venger l'offense, [950] Ta main seule du tien doit prendre la vengeance.
CHIMÈNE.	— Cruel ! à quel propos sur ce point t'obstiner ? Tu t'es vengé sans aide, et tu m'en [6] veux donner ! Je suivrai ton exemple, et j'ai trop de courage [7] Pour souffrir qu'avec toi ma gloire [8] se partage. [955] Mon père et mon honneur ne veulent rien devoir Aux traits [9] de ton amour ni de ton désespoir.
DON RODRIGUE.	— Rigoureux point d'honneur ! hélas ! quoi que je fasse, Ne pourrai-je à la fin obtenir cette grâce ? Au nom d'un père mort [10], ou de notre amitié, [960] Punis-moi par vengeance, ou du moins par pitié. Ton malheureux amant [11] aura bien moins de peine A mourir par ta main qu'à vivre avec ta haine.
CHIMÈNE.	— Va, je ne te hais point.
DON RODRIGUE.	Tu le dois.
CHIMÈNE.	Je ne puis.
DON RODRIGUE.	— Crains-tu si peu le blâme, et si peu les faux bruits ? [965] Quand on saura mon crime, et que ta flamme dure [12], Que ne publieront point l'envie et l'imposture !

---

1. Voir la n. du v. 97. — 2. Adversaire en justice : le mot s'oppose à *bourreau* et est commenté par les v. 942 et 944 où *poursuivre* est pris au sens judiciaire. — 3. Voir la n. du v. 10. — 4. Voir la n. du v. 270. — 5. Voir les v. 929-930. — 6. Voir la n. du v. 222. — 7. Voir la n. du v. 120. — 8. Voir la n. du v. 97. — 9. Actions qui marquent une intention favorable, nuisible ou (comme ici) simplement fâcheuse. — 10. Voir la n. du v. 643. — 11. Voir la n. du v. 16. — 12. *Saura* a deux compléments d'objet : un nom *(crime)* et une proposition *(que ta flamme dure)*. Cette liberté de construction n'est guère admise aujourd'hui.

CHIMÈNE.

Force-les au silence, et sans plus discourir,
Sauve ta renommée en me faisant mourir.
Elle éclate bien mieux en te laissant la vie;
970 Et je veux que la voix de la plus noire envie
Élève au ciel ma gloire [1] et plaigne mes ennuis [2],
Sachant que je t'adore et que je te poursuis.

---

1. Voir la n. du v. 97. — 2. Voir la n. du v. 448.

━━━

- ● **L'action** — Pour apprécier l'intensité du mouvement dramatique de cette scène il faudra se placer surtout au point de vue de Chimène. En effet, alors que pour Rodrigue la situation est simple (voir les v. 897-898) et ne comporte pas de problème, Chimène est toujours déchirée entre deux obligations.

① Relevez les vers qui, en indiquant ce que la situation de Chimène a de contradictoire, soulignent ce qu'elle a de dramatique.

D'autre part, ce mouvement dramatique n'est pas dû, comme à l'ordinaire, à l'opposition de deux caractères différents mais à la différence des situations dans lesquelles sont placés les deux personnages. M. Couton remarque en effet très justement : « Les répliques sont parallèles, presque interchangeables. Les rôles des amants tiennent leur beauté de n'être pas séparables et de constituer un duo, non seulement dans les moments lyriques, mais tout au long du drame. »

② Relevez les vers qui indiquent la parfaite identité de vues et de sentiments entre Chimène et Rodrigue.

③ Mais montrez comment les mêmes sentiments entraînent, pour chacun des deux, des situations qui se contredisent.

Mouvement général de la scène :

— Un moment de désarroi.

④ Quel jeu de scène en marque la fin? Par quels procédés ce désarroi est-il marqué?

— Un apaisement relatif qui permet d'y voir clair dans les âmes.

⑤ Montrez que, dans les deux tirades (v. 869-904 et 905-932), les raisonnements sont parallèles.

⑥ Puis montrez comment Chimène est amenée, par sa logique même, à une conclusion qui lui fait horreur. Par quel vers, Rodrigue, en le lui marquant, fait-il renaître son trouble?

— Un appel de Rodrigue à certains sentiments pour convaincre Chimène : v. 946, 960, 964.

— Le découragement de Rodrigue.

⑦ A quel vers renonce-t-il à convaincre Chimène? Montrez qu'à partir de ce moment nous avons un duo lyrique.

— Chimène se ressaisit.

⑧ Par quel moyen désespéré montre-t-elle qu'elle ne renonce pas à son devoir?

━━

Va-t'en, ne montre plus à ma douleur extrême
Ce qu'il faut que je perde, encore que je l'aime.
975 Dans l'ombre de la nuit [1] cache bien ton départ :
Si l'on te voit sortir, mon honneur court hasard [2].
La seule occasion qu'aura la médisance,
C'est de savoir qu'ici j'ai souffert ta présence :
Ne lui donne point lieu [3] d'attaquer ma vertu.

DON RODRIGUE. — 980 Que je meure !

CHIMÈNE. —   Va-t'en.

DON RODRIGUE. —   A quoi te résous-tu ?

CHIMÈNE. — Malgré des feux si beaux, qui troublent ma colère,
Je ferai mon possible à [4] bien venger mon père;
Mais malgré la rigueur d'un si cruel devoir,
Mon unique souhait est de ne rien pouvoir.

DON RODRIGUE. — 985 O miracle d'amour !

CHIMÈNE. —   O comble de misères [5] !

DON RODRIGUE. — Que de maux et de pleurs nous coûteront nos pères !

CHIMÈNE. — Rodrigue, qui l'eût cru ?

DON RODRIGUE. —   Chimène, qui l'eût dit ?

CHIMÈNE. — Que notre heur [6] fût si proche et sitôt se perdît ?

DON RODRIGUE. — Et que si près du port, contre toute apparence,
990 Un orage si prompt brisât notre espérance ?

CHIMÈNE. — Ah ! mortelles douleurs !

DON RODRIGUE. —   Ah ! regrets superflus !

CHIMÈNE. — Va-t'en, encore un coup [7], je ne t'écoute plus.

DON RODRIGUE. — Adieu : je vais traîner une mourante vie,
Tant que [8] par ta poursuite elle me soit ravie.

CHIMÈNE. — 995 Si j'en obtiens l'effet, je t'engage ma foi
De ne respirer pas [9] un moment après toi.
Adieu : sors, et surtout garde bien qu' [10] on te voie.

ELVIRE. — Madame, quelques maux que le Ciel nous envoie...

CHIMÈNE. — Ne m'importune plus, laisse-moi soupirer,
1000 Je cherche le silence et la nuit pour pleurer.

---

1. Afin de sauvegarder les bienséances. Il y a là, en outre, une indication pour la chronologie de la pièce (voir aussi le v. 626). — 2. Court un risque. — 3. Occasion. — 4. Voir la n. du v. 20. — 5. Texte primitif : *Mais comble de misère.* La correction est heureuse parce que les paroles de Chimène font écho à celles de Rodrigue en une sorte de chant amébée. — 6. *Heur* pour *bonheur* était déjà un archaïsme. — 7. Ce mot n'avait rien de familier au XVIIᵉ s. — 8. En attendant que. — 9. Aujourd'hui nous rapprochons les deux termes de la négation : de ne pas respirer. — 10. Prends garde que.

SCÈNE V[1]. — DON DIÈGUE.

Jamais nous ne goûtons de parfaite allégresse :
Nos plus heureux succès sont mêlés de tristesse;
Toujours quelques soucis en ces événements
Troublent la pureté de nos contentements.
1005 Au milieu du bonheur mon âme en sent l'atteinte :
Je nage dans la joie, et je tremble de crainte.
J'ai vu mort l'ennemi qui m'avait outragé,
Et je ne saurais [2] voir la main qui m'a vengé.
En vain je m'y travaille [3], et d'un soin [4] inutile,
1010 Tout cassé que je suis, je cours toute la ville :
Ce peu que mes vieux ans m'ont laissé de vigueur
Se consume sans fruit à chercher ce vainqueur.
A toute heure, en tous lieux, dans une nuit si sombre [5],
Je pense l'embrasser, et n'embrasse qu'une ombre;
1015 Et mon amour, déçu [6] par cet objet trompeur,
Se forme des soupçons qui redoublent ma peur.
Je ne découvre point de marques de sa fuite;
Je crains du Comte mort les amis et la suite;
Leur nombre m'épouvante, et confond [7] ma raison.
1020 Rodrigue ne vit plus, ou respire en prison.
Justes Cieux! me trompé-je encore à l'apparence,
Ou si [8] je vois enfin mon unique espérance?
C'est lui, n'en doutons plus; mes vœux sont exaucés,
Ma crainte est dissipée, et mes ennuis [9] cessés.

---

1. La pièce se jouant dans des décors simultanés, on peut imaginer que don Diègue apparaît dans la rue au moment même où Rodrigue sort de chez Chimène. — 2. Avec le sens de : *je n'arrive pas à* (voir les deux vers suivants). — 3. Je me donne de la peine. — 4. Voir la n. du v. 562. — 5. Encore une indication pour la chronologie de la pièce. — 6. Voir la n. du v. 57. — 7. Voir la n. du v. 491. — 8. Cet emploi de *si* était courant au XVIIᵉ s. dans l'interrogation directe, devant le second terme d'une interrogation double. — 9. Voir la n. du v. 448.

● **L'action** — A première vue, cette scène paraît inutile à l'action. Mais il fallait que le père et le fils se rencontrassent après le duel qui avait rendu l'honneur à la famille. Or, placée plus tôt, la scène de la rencontre aurait fâcheusement interrompu le mouvement dramatique. Si on la rejetait plus loin, il fallait justifier un retard assez surprenant. C'est à quoi sert la scène 5, en particulier les v. 1009-1014. De plus, on sait qu'un des moyens dont use l'auteur dramatique pour accroître l'intensité pathétique d'une scène, c'est de la faire attendre et de souligner, par exemple, la joie par l'inquiétude qui l'a précédée : v. 1015-1020.

Scène VI. — DON DIÈGUE, DON RODRIGUE.

DON DIÈGUE. — [1025] Rodrigue, enfin le Ciel permet que je te voie!

DON RODRIGUE. — Hélas!

DON DIÈGUE. —
        Ne mêle point de soupirs à ma joie;
    Laisse-moi prendre haleine afin de te louer.
    Ma valeur n'a point lieu de te désavouer :
    Tu l'as bien imitée, et ton illustre audace
[1030] Fait bien revivre en toi les héros de ma race :
    C'est d'eux que tu descends, c'est de moi que tu viens.
    Ton premier coup d'épée égale tous les miens;
    Et d'une belle ardeur ta jeunesse animée
    Par cette grande épreuve atteint ma renommée.
[1035] Appui de ma vieillesse, et comble de mon heur [1],
    Touche ces cheveux blancs à qui tu rends l'honneur,
    Viens baiser cette joue, et reconnais la place
    Où fut empreint l'affront que ton courage efface [2].

DON RODRIGUE. — L'honneur vous en est dû : je ne pouvais pas moins,
[1040] Étant sorti de vous et nourri par vos soins.
    Je m'en tiens trop heureux, et mon âme est ravie [3]
    Que mon coup d'essai plaise à qui je dois la vie;
    Mais parmi vos plaisirs ne soyez point jaloux
    Si je m'ose à mon tour satisfaire [4] après vous.
[1045] Souffrez qu'en liberté mon désespoir éclate;
    Assez et trop longtemps votre discours [5] le flatte [6].
    Je ne me repens point de vous avoir servi;
    Mais rendez-moi le bien que ce coup m'a ravi.
    Mon bras, pour vous venger, armé contre ma flamme [7],
[1050] Par ce coup glorieux m'a privé de mon âme;
    Ne me dites plus rien; pour vous j'ai tout perdu :
    Ce que je vous devais, je vous l'ai bien rendu.

DON DIÈGUE. — Porte, porte plus haut le fruit de ta victoire :
    Je t'ai donné la vie, et tu me rends ma gloire [8];
[1055] Et d'autant que l'honneur m'est plus cher que le jour,
    D'autant plus maintenant je te dois de retour.

---

1. Voir la n. du v. 988. — 2. Texte primitif : *Où fut jadis l'affront*. Sous cette forme, l'image n'était pas aussi vigoureuse, et Scudéry trouvait (non sans raison) *jadis* impropre. — 3. Voir la n. du v. 21. — 4. Voir la n. du v. 10. — 5. Entretien (sans caractère oratoire). — 6. Voir la n. du v. 275. — 7. Terme de la langue galante : voir le v. 6; de même *âme* au vers suivant. — 8. Voir la n. du v. 97.

Mais d'un cœur magnanime éloigne ces faiblesses;
Nous n'avons qu'un honneur, il est tant de maîtresses [1]
L'amour n'est qu'un plaisir, l'honneur est un devoir.

DON RODRIGUE. — 1060 Ah! que me dites-vous?

DON DIÈGUE. — Ce que tu dois savoir.

DON RODRIGUE. — Mon honneur offensé sur moi-même se venge [2];
Et vous m'osez pousser à la honte du change [3]
L'infamie est pareille, et suit également
Le guerrier sans courage et le perfide amant [4].
1065 A ma fidélité ne faites point d'injure;
Souffrez-moi généreux [5] sans me rendre parjure :
Mes liens sont trop forts pour être ainsi rompus;
Ma foi m'engage encor si je n'espère plus;
Et ne pouvant quitter ni posséder Chimène,
1070 Le trépas que je cherche est ma plus douce peine.

---

1. On trouvera la même hiérarchie de sentiments dans *Horace*, IV, 3 :

> En la mort d'un amant vous ne perdez qu'un homme
> Dont la perte est aisée à réparer dans Rome.

dans *Polyeucte*, II, 1 :

> Vous trouverez dans Rome assez d'autres maîtresses.

— 2. Rodrigue veut dire qu'ayant tué le père de celle qu'il aimait c'est comme s'il s'était vengé sur sa propre personne. — 3. Changement. — 4. Voir la n. du v. 16. — 5. Voir la n. du v. 270.

● **L'action** — Cette scène est importante surtout au point de vue de l'action :
1° C'est la première rencontre du père et du fils depuis que celui-ci a rendu l'honneur à sa famille. Reconnaissons que cette rencontre se place trop loin de l'événement pour être vraiment pathétique, et cela malgré la précaution que Corneille a prise de nous montrer, dans la scène précédente, un don Diègue anxieux.
2° Elle annonce l'arrivée des Mores et fait prévoir, pour Rodrigue, de nouveaux exploits, ce qui se rattache étroitement à l'action (à la situation de Rodrigue par rapport au roi — v. 1093-1094, 1100 — et par rapport à Chimène : v. 1095-1096).

● **Les caractères** — Cette scène apporte aussi quelque chose d'important pour l'étude des caractères. En effet, à DON DIÈGUE qui lui dit (v. 1059) : *L'amour n'est qu'un plaisir, l'honneur est un devoir*, RODRIGUE répond par les v. 1063-1064 qui mettent amour et honneur sur le même plan, fait exceptionnel dans le théâtre de Corneille : voir, en cette page, la n. 1. Et c'est parce que l'amour est ainsi conçu dans cette pièce que Corneille peut dire, dans le *Discours du poème dramatique* :
— d'une part : « Je ne lui ai jamais laissé prendre le pas devant »;
— et de l'autre : « Dans *le Cid* même, qui est sans contredit la pièce la plus remplie d'amour que j'aie faite, le devoir de la naissance et le soin de l'honneur l'emporte [voir n. 2, p 80] sur toutes les tendresses qu'il inspire aux amants que j'y fais parler. »

DON DIÈGUE. — Il n'est pas temps encor de chercher le trépas :
Ton prince et ton pays ont besoin de ton bras.
La flotte qu'on craignait, dans ce grand fleuve [1] entrée,
Croit surprendre la ville et piller la contrée.
1075 Les Mores vont descendre, et le flux et la nuit
Dans une heure à nos murs les amène [2] sans bruit.
La cour est en désordre, et le peuple en alarmes :
On n'entend que des cris, on ne voit que des larmes.
Dans ce malheur public mon bonheur a permis
1080 Que j'ai trouvé [3] chez moi cinq cents de mes amis [4],
Qui sachant mon affront, poussés d'un même zèle,
Se venaient tous offrir à [5] venger ma querelle [6].
Tu les as prévenus [7]; mais leurs vaillantes mains
Se tremperont bien mieux au sang des Africains.
1085 Va marcher à leur tête où l'honneur te demande :
C'est toi que veut pour chef leur généreuse [8] bande [9].
De ces vieux ennemis va soutenir l'abord [10].
Là, si tu veux mourir, trouve une belle mort;
Prends-en l'occasion, puisqu'elle t'est offerte;
1090 Fais devoir à ton Roi son salut à ta perte;
Mais reviens-en plutôt les palmes sur le front.
Ne borne pas ta gloire à venger un affront;
Porte-la plus avant : force par ta vaillance
Ce monarque au pardon, et Chimène au silence;
1095 Si tu l'aimes, apprends que revenir vainqueur,
C'est l'unique moyen de regagner son cœur.
Mais le temps est trop cher pour le perdre en paroles;
Je t'arrête en [11] discours, et je veux que tu voles.
Viens, suis-moi, va combattre, et montrer à ton Roi
1100 Que ce qu'il perd au [12] Comte il le recouvre en toi.

---

1. Le Guadalquivir. — 2. L'accord ne se fait qu'avec le dernier des deux sujets *(nuit)*, ce qui était encore admis au XVII⁰ s. — 3. *Permettre*, comme tous les verbes exprimant la volonté, est normalement suivi du subjonctif. Mais au XVII⁰ s. on employait l'indicatif avec des expressions comme *Dieu, le Ciel a permis*, pour insister sur la réalité du fait. De même ici, par analogie. — 4. Nous sommes à l'époque féodale que caractérisait le dévouement personnel : voir le v. 1259. — 5. Voir la n. du v. 20. — 6. Voir la n. du v. 244. — 7. Tu les as devancés (en me vengeant). — 8. Voir la n. du v. 270 — 9. Troupe de soldats (sans nuance péjorative). — 10. L'attaque. — 11. Au moyen de. — 12. Voir le v. 1086 et la n. du v. 20.

ACTE IV

Scène première. — CHIMÈNE, ELVIRE.

CHIMÈNE.   — N'est-ce point un faux bruit? le sais-tu bien, Elvire?

ELVIRE.   — Vous ne croiriez jamais comme chacun l'admire,
Et porte jusqu'au ciel, d'une commune voix,
De ce jeune héros les glorieux exploits.
1105 Les Mores devant lui n'ont paru qu'à leur honte;
Leur abord [1] fut bien prompt, leur fuite encor plus
[prompte.
Trois heures [2] de combat laissent à nos guerriers
Une victoire entière et deux rois prisonniers.
La valeur de leur chef ne trouvait point d'obstacles.

CHIMÈNE. 1110 Et la main de Rodrigue a fait tous ces miracles?

ELVIRE.   — De ses nobles efforts ces deux rois sont le prix :
Sa main les a vaincus, et sa main les a pris.

CHIMÈNE.   — De qui peux-tu savoir ces nouvelles étranges?

ELVIRE.   — Du peuple, qui partout fait sonner ses louanges,
1115 Le nomme de sa joie et l'objet et l'auteur,
Son ange tutélaire, et son libérateur.

CHIMÈNE.   — Et le Roi, de quel œil voit-il tant de vaillance?

ELVIRE.   — Rodrigue n'ose encor paraître en sa présence;
Mais don Diègue ravi [3] lui présente enchaînés,
1120 Au nom de ce vainqueur, ces captifs couronnés,
Et demande pour grâce à ce généreux [4] prince
Qu'il daigne voir la main qui sauve la province [5].

---

1. Voir le v. 1087. — 2. Précision utile pour l'unité de temps : durant l'entracte se sont écoulées trois heures pour le combat et le retour du triomphateur. — 3. Voir la n. du v. 21. — 4. Voir la n. du v. 270. — 5. Voir la n. du v. 174.

CHIMÈNE.	— Mais n'est-il point blessé ?
ELVIRE.	— Je n'en ai rien appris.

Vous changez de couleur! reprenez vos esprits.

CHIMÈNE. 1125 Reprenons donc aussi ma colère affaiblie :
Pour avoir soin de lui faut-il que je m'oublie ?
On le vante, on le loue, et mon cœur y consent!
Mon honneur est muet, mon devoir impuissant!
Silence, mon amour, laisse agir ma colère :
1130 S'il a vaincu deux rois, il a tué mon père;
Ces tristes vêtements [1], où je lis mon malheur,
Sont les premiers effets qu'ait produits sa valeur;
Et quoi qu'on die [2] ailleurs d'un cœur si magnanime,
Ici tous les objets me parlent de son crime.
1135   Vous qui rendez la force à mes ressentiments,
Voile, crêpes, habits, lugubres ornements,
Pompe [3] que me prescrit sa première victoire [4],
Contre ma passion soutenez bien ma gloire [5];
Et lorsque mon amour prendra trop de pouvoir,
1140 Parlez à mon esprit de mon triste devoir,
Attaquez sans rien craindre une main triomphante.

ELVIRE. — Modérez ces transports, voici venir l'Infante.

Scène II. — L'INFANTE, CHIMÈNE, LÉONOR, ELVIRE.

L'INFANTE. — Je ne viens pas ici consoler tes douleurs;
Je viens plutôt mêler mes soupirs à tes pleurs.

CHIMÈNE. 1145 Prenez bien plutôt part à la commune joie,
Et goûtez le bonheur que le Ciel vous envoie,
Madame : autre [6] que moi n'a droit de soupirer.
Le péril dont Rodrigue a su nous retirer,
Et le salut public que vous rendent ses armes,
1150 A moi seule aujourd'hui souffrent encor les larmes.
Il a sauvé la ville, il a servi son Roi;
Et son bras valeureux n'est funeste [7] qu'à moi.

---

1. Ces vêtements de deuil, énumérés au v. 1136. — 2. Ancienne forme du subjonctif présent (pour *dise*). — 3. A rapprocher de *lugubres ornements*. — 4. Texte primitif : *où m'ensevelit*, pour *que me prescrit*. *M'ensevelit* était emphatique, *que me prescrit* est plus conforme à la morale de Chimène. — 5. Voir la n. du v. 97. — 6. Aucune autre. — 7. Voir la n. du v. 669.

L'INFANTE. — Ma Chimène, il est vrai qu'il a fait des merveilles [1].

CHIMÈNE. — Déjà ce bruit fâcheux a frappé mes oreilles;
1155 Et je l'entends partout publier hautement
Aussi brave guerrier que malheureux amant [2].

L'INFANTE. — Qu'a de fâcheux pour toi ce discours [3] populaire ?
Ce jeune Mars qu'il loue a su jadis te plaire :
Il possédait ton âme, il vivait sous tes lois;
1160 Et vanter sa valeur, c'est honorer ton choix.

CHIMÈNE. — Chacun peut la vanter avec quelque justice;
Mais pour moi sa louange est un nouveau supplice.
On aigrit [4] ma douleur en l' [5] élevant si haut :
Je vois ce que je perds quand je vois ce qu'il vaut.
1165 Ah! cruels déplaisirs [6] à l'esprit d'une amante !
Plus j'apprends son mérite, et plus mon feu s'augmente :
Cependant mon devoir est toujours le plus fort,
Et malgré mon amour, va poursuivre sa mort.

L'INFANTE. — Hier [7] ce devoir te mit en une haute estime;
1170 L'effort que tu te fis parut si magnanime,
Si digne d'un grand cœur, que chacun à la cour
Admirait ton courage et plaignait ton amour.
Mais croirais-tu l'avis d'une amitié fidèle ?

CHIMÈNE. — Ne vous obéir pas [8] me rendrait criminelle.

---

1. Miracles. — 2. Voir la n. du v. 16. — 3. Récit. — 4. On porte au plus haut point et non, comme aujourd'hui : on irrite. — 5. *L'* représente Rodrigue. — 6. Voir la n. du v. 116. — 7. Allusion à la scène 8 de l'acte II. *Hier* compte pour une syllabe (synérèse). — 8. Voir la n. du v. 996.

● **La tragédie politique.** — Voltaire dit que la scène 2 est « d'autant plus superflue que Chimène y répète avec faiblesse ce qu'elle vient de dire avec force à sa confidente ». Cependant, Chimène y constate que, dans la joie commune, elle sera seule à pleurer, ce qui confère à son attitude une certaine grandeur; ensuite, le drame de l'héroïne, toujours placée entre des devoirs contradictoires, devient plus poignant à cause des circonstances que lui rappelle l'Infante : v. 1161-1168.

Mais surtout les vers 1181-1190, 1199-1200 et 1203 élargissent le problème individuel aux dimensions d'un problème politique. C'est en s'appuyant sur des scènes comme celle-ci que M. Nadal a écrit à propos du *Cid* :

① « Désormais, ce n'est plus dans le monde un peu en l'air des comédies [...] mais dans un espace plein, limité, soumis à une législation, que l'homme et son action se situent. Dans une telle formule scénique il ne peut y avoir place pour l'amour seul. Ce sentiment reçoit son rang, se mêle aux mœurs, à la vie sociale. »

L'INFANTE.   1175 Ce qui fut juste alors ne l'est plus aujourd'hui,
Rodrigue maintenant est notre unique appui,
L'espérance et l'amour d'un peuple qui l'adore,
Le soutien de Castille [1], et la terreur du More.
Le Roi même est d'accord de cette vérité,
1180 Que ton père en lui seul se voit ressuscité ;
Et si tu veux enfin qu'en deux mots je m'explique,
Tu poursuis [2] en sa mort la ruine [3] publique.
Quoi ! pour venger un père est-il jamais permis
De livrer sa patrie aux mains des ennemis ?
1185 Contre nous ta poursuite est-elle légitime,
Et pour être punis avons-nous part au crime ?
Ce n'est pas qu'après tout tu doives épouser
Celui qu'un père mort t'obligeait d'accuser :
Je te voudrais moi-même en arracher l'envie ;
1190 Ote-lui ton amour, mais laisse-nous sa vie.

CHIMÈNE.   — Ah ! ce n'est pas à moi d'avoir tant de bonté ;
Le devoir qui m'aigrit n'a rien de limité [4].
Quoique pour ce vainqueur mon amour s'intéresse,
Quoiqu'un peuple l'adore et qu'un roi le caresse,
1195 Qu'il soit environné des plus vaillants guerriers,
J'irai sous mes cyprès accabler ses lauriers [5].

L'INFANTE.   — C'est générosité [6] quand, pour venger un père,
Notre devoir attaque une tête si chère ;
Mais c'en est une encor d'un plus illustre rang,
1200 Quand on donne au public [7] les intérêts du sang.
Non, crois-moi, c'est assez que d'éteindre ta flamme ;
Il sera trop puni s'il n'est plus dans ton âme.
Que le bien du pays t'impose cette loi ;
Aussi bien, que crois-tu que t'accorde le Roi ?

CHIMÈNE.   1205 Il peut me refuser, mais je ne puis me taire.

L'INFANTE.   — Pense bien, ma Chimène, à ce que tu veux faire.
Adieu : tu pourras seule y penser à loisir.

CHIMÈNE.   — Après mon père mort [8], je n'ai point à choisir.

---

1. L'omission de l'article devant les noms de pays était déjà un archaïsme. — 2. Tu cherches à atteindre. — 3. Diérèse : *ru-ine*. — 4. Cette attitude, bien conforme à la morale de Chimène, ne permet pas de conserver la mesure que suggère le v. 1190. — 5. Image emphatique selon le goût de l'époque. — 6. Voir la n. du v. 270. — 7. Quand on sacrifie à l'intérêt public. — 8. Voir la n. du v. 643 et le v. 1188.

Mise en scène
P.-Émile Deiber
Comédie-Française
1963
Décors
et costumes
G. Wakhevitch

M. Etcheverry
(DON DIÈGUE)
P.-Émile Deiber
(DON FERNAND)
Claude Winter
(CHIMÈNE)

Théâtre de la Ville 1972
Mise en scène de Denis Llorca
Costumes de Dominique Borg
Anne Alvaro (CHIMÈNE); José Maria Flotats (RODRIGUE)

Le Cid au cinéma, par Samuel Bronston. Le combat contre les Mores

SCÈNE III. — DON FERNAND, DON DIÈGUE, DON ARIAS, DON RODRIGUE, DON SANCHE.

DON FERNAND. — Généreux[1] héritier d'une illustre famille,
1210 Qui fut toujours la gloire et l'appui de Castille,
Race[2] de tant d'aïeux en valeur signalés,
Que l'essai de la tienne a sitôt égalés,
Pour te récompenser ma force est trop petite;
Et j'ai moins de pouvoir que tu n'as de mérite.
1215 Le pays délivré[3] d'un si rude ennemi,
Mon sceptre dans ma main par la tienne affermi,
Et les Mores défaits[3] avant qu'en ces alarmes[4]
J'eusse pu donner ordre à[5] repousser leurs armes,
Ne sont point des exploits qui laissent à ton roi
1220 Le moyen ni l'espoir de s'acquitter vers[6] toi.
Mais deux rois tes captifs feront ta récompense.
Ils t'ont nommé tous deux leur Cid[7] en ma présence:
Puisque Cid en leur langue est autant que seigneur,
Je ne t'envierai pas ce beau titre d'honneur.
1225 Sois désormais le Cid : qu'à ce grand nom tout cède;
Qu'il comble d'épouvante et Grenade et Tolède[8],
Et qu'il marque à tous ceux qui vivent sous mes lois
Et ce que tu me vaux, et ce que je te dois.

DON RODRIGUE. — Que Votre Majesté, Sire, épargne ma honte :
1230 D'un si faible service elle fait trop de conte[9],
Et me force à rougir devant un si grand roi
De mériter si peu l'honneur que j'en reçoi[10].
Je sais trop que je dois au bien de votre empire,
Et le sang qui m'anime, et l'air que je respire;
1235 Et quand je les perdrai pour un si digne[11] objet,
Je ferai seulement le devoir d'un sujet.

DON FERNAND. — Tous ceux que ce devoir à mon service engage
Ne s'en acquittent pas avec même[12] courage;
Et lorsque la valeur ne va point dans[13] l'excès,
1240 Elle ne produit point de si rares[14] succès.

---

1. Voir la n. du v. 270. — 2. Descendant. — 3. Voir la n. du v. 643. — 4. Voir la n. du v. 629. — 5. Voir la n. du v. 20 .— 6. Envers. — 7. D'un mot arabe qui signifie : chef de tribu (cf. *caïd*). — 8. Encore occupées par les Mores. — 9. Voir le v. 385. — 10. Voir le v. 771. — 11. Voir le v. 22. — 12. Le même. — 13. Jusqu'à. — 14. Extraordinaires.

Souffre donc qu'on te loue, et de cette victoire
Apprends-moi plus au long la véritable histoire.

DON RODRIGUE. — Sire, vous avez su qu'en ce danger pressant,
Qui jeta dans la ville un effroi si puissant,
1245 Une troupe d'amis chez mon père assemblée
Sollicita [1] mon âme encor toute troublée...
Mais, Sire, pardonnez à ma témérité,
Si j'osai l'employer sans votre autorité :
Le péril approchait; leur brigade [2] était prête;
1250 Me montrant à la cour, je hasardais ma tête;
Et s'il fallait la perdre, il m'était bien plus doux
De sortir de la vie en combattant pour vous.

DON FERNAND. — J'excuse ta chaleur à venger ton offense;
Et l'État défendu [3] me parle en ta défense :
1255 Crois que dorénavant Chimène a beau parler,
Je ne l'écoute plus que pour la consoler.
Mais poursuis.

DON RODRIGUE. —   Sous moi [4] donc cette troupe s'avance,
Et porte sur le front une mâle assurance.
Nous partîmes cinq cents; mais par un prompt renfort
1260 Nous nous vîmes trois mille en arrivant au port,
Tant, à nous voir marcher avec un tel visage [5],
Les plus épouvantés reprenaient de courage!
J'en cache les deux tiers, aussitôt qu'arrivés [6],
Dans le fond des vaisseaux qui lors [7] furent trouvés;
1265 Le reste, dont le nombre augmentait à toute heure,
Brûlant d'impatience autour de moi demeure,
Se couche contre terre, et sans faire aucun bruit,
Passe une bonne part d'une si belle nuit.
Par mon commandement la garde en fait de même,
1270 Et se tenant cachée, aide à mon stratagème;
Et je feins hardiment d'avoir reçu de vous
L'ordre qu'on me voit suivre et que je donne à tous.
Cette obscure clarté qui tombe des étoiles

---

1. *Solliciter :* entraîner à entreprendre quelque chose, mais sans nuance d'intérêt personnel. — 2. Scudéry avait contesté la propriété du terme; or, dès le XVIᵉ s., il désigne des troupes d'importance très variable. Cela montre l'esprit de dénigrement systématique avec lequel ont été écrites les *Observations*. — 3. Voir la n. du v. 643. — 4. *Sous mes ordres.* — 5. *En si bon équipage*, avait d'abord écrit Corneille. La critique de Scudéry lui fit adopter *avec un tel visage* qui convient mieux, les conditions morales étant plus importantes que les conditions matérielles. — 6. L'Académie critiqua cette tournure dont elle n'apprécia pas la valeur stylistique (rapidité). — 7. *Alors.*

Enfin avec le flux nous fait voir trente voiles [1];
1275 L'onde s'enfle dessous, et d'un commun effort
Les Mores et la mer montent jusques au port.
On les laisse passer; tout leur paraît tranquille :
Point de soldats au port, point aux murs de la ville.
Notre profond silence abusant [2] leurs esprits,
1280 Ils n'osent plus douter de nous avoir surpris;
Ils abordent sans peur, ils ancrent, ils descendent,
Et courent se livrer aux mains qui les attendent.
Nous nous levons alors, et tous en même temps
Poussons jusques au ciel mille cris éclatants.
1285 Les nôtres, à ces cris [3], de nos vaisseaux répondent;
Ils paraissent [4] armés, les Mores se confondent [5],
L'épouvante les prend à demi descendus;
Avant que de [6] combattre, ils s'estiment perdus.
Ils couraient au pillage, et rencontrent la guerre;
1290 Nous les pressons sur l'eau, nous les pressons sur terre,
Et nous faisons courir des ruisseaux de leur sang,
Avant qu'aucun résiste ou reprenne son rang.
Mais bientôt, malgré nous, leurs princes les rallient,
Leur courage renaît, et leurs terreurs s'oublient [7] :
1295 La honte de mourir sans avoir combattu
Arrête [8] leur désordre, et leur rend leur vertu [9].

---

1. Vaisseaux : métonymie justifiée par le fait qu'on ne voit des vaisseaux que la partie éclairée par *l'obscure clarté.* — 2. Trompant. — 3. Variante : *au signal.* L'Académie avait remarqué l'ambiguïté, *vaisseaux* pouvant être pris pour un complément de *signal* et non de *répondent.* — 4. Apparaissent. — 5. Tombent dans le désordre. — 6. C'est la seule forme qu'admettait Vaugelas. — 7. Voir la n. du v. 10. — 8. Variante : *rétablit ;* ce verbe pouvait signifier : remettre dans un état antérieur (ici celui de désordre, ce qui était absurde) aussi bien que : dans un état meilleur. — 9. Courage.

● **L'art classique** — On a vu (*les Sources et l'adaptation au goût,* p. 19) que Corneille avait, pour resserrer l'action, supprimé maint épisode du drame espagnol.

① A propos du v. 1222, Voltaire a écrit : « Corneille, en se bornant à employer aussi heureusement qu'il le fait ici, ce vers imité de Guilain de Castro, au lieu d'introduire, comme lui, sur la scène, trois rois maures; uniquement pour donner à Rodrigue ce nom de *Cid* en présence du roi de Castille, prouve en cela sa supériorité sur le poète espagnol. Que font en effet, dans la pièce de Guilain de Castro, ces trois inutiles personnages? rien autre chose que de former un vain spectacle. C'est le principal défaut de toutes les pièces espagnoles et anglaises de ces temps-là. L'appareil, la pompe du spectacle, sont une beauté sans doute, mais il faut que cette beauté soit nécessaire. La tragédie ne consiste pas dans un vain amusement des yeux. »

Contre nous de pied ferme ils tirent leurs alfanges [1],
De notre sang au leur font d'horribles mélanges ;
Et la terre, et le fleuve, et leur flotte, et le port,
1300 Sont des champs de carnage, où triomphe la mort.
    O combien d'actions, combien d'exploits célèbres
Sont demeurés sans gloire au milieu des ténèbres [2],
Où chacun, seul témoin des grands coups qu'il donnait,
Ne pouvait discerner où le sort inclinait !
1305 J'allais de tous côtés encourager les nôtres,
Faire avancer les uns, et soutenir les autres,
Ranger ceux qui venaient, les pousser à leur tour,
Et ne l'[3] ai pu savoir jusques au point du jour.
Mais enfin sa clarté montre notre avantage :
1310 Le More voit sa perte et perd soudain courage ;
Et voyant [4] un renfort qui nous vient secourir,
L'ardeur de vaincre cède à la peur de mourir [5].
Ils gagnent leurs vaisseaux, ils en coupent les câbles,
Poussent jusques aux cieux des cris épouvantables [6],
1315 Font retraite en tumulte, et sans considérer
Si leurs rois avec eux peuvent se retirer.
Pour souffrir ce devoir leur frayeur est trop forte :
Le flux les apporta, le reflux les remporte ;
Cependant que leurs rois, engagés [7] parmi nous,
1320 Et quelque peu des leurs, tous percés de nos coups,
Disputent vaillamment et vendent bien leur vie.
A se rendre moi-même en vain je les convie :
Le cimeterre au poing, ils ne m'écoutent pas ;
Mais, voyant à leurs pieds tomber tous leurs soldats,
1325 Et que [8] seuls désormais en vain ils se défendent,
Ils demandent le chef : je me nomme, ils se rendent.
Je vous les envoyai tous deux en même temps ;

---

1. Mot d'origine arabe qui désigne un sabre courbe. Corneille avait écrit d'abord *épées*. Le vers suivant était : *Des plus braves soldats les trames sont coupées.* Indépendamment du fait que ce second vers était beaucoup plus faible, le mot *alfange* indique un certain sens de ce que les romantiques appelleront la couleur locale. — 2. Texte primitif : « Furent ensevelis dans l'horreur des ténèbres. » Le cliché n'était peut-être pas aussi insupportable à l'époque de Corneille qu'il l'est aujourd'hui (voir la n. du v. 666) mais *ensevelis* manquait de clarté (sens propre ou sens figuré ?). — 3. *L'* : *où le sort inclinait* (v. 1304). — 4. Aujourd'hui, le participe doit se rapporter, en principe, au sujet de la principale ; au XVIIe s., la construction était plus libre. — 5. Du v. 1308 au v. 1312, Corneille avait d'abord employé des temps du passé *(montra, vit, vint, changea l'ardeur de vaincre).* Le présent de narration donne plus de vie au récit. — 6. Texte primitif : « Nous laissent pour adieus des cris épouvantables. » L'Académie avait remarqué : « On ne dit pas *laisser un adieu*. » — 7. *Engager :* « On le dit des troupes qui pénètrent dans quelque lieu » (Littré). — 8. De *voyant* dépendent une proposition infinitive *(tomber tous leurs soldats)* et une subordonnée complétive avec *que (et que seuls désormais en vain ils se défendent).* Ces dissymétries de construction étaient courantes au XVIIe s.

> Et le combat cessa faute de combattants.
> C'est de cette façon que, pour votre service...

- **L'action** — Le récit que Rodrigue fait de la bataille n'est pas un hors-d'œuvre : placé immédiatement avant la scène où, pour la seconde fois, Chimène vient demander justice au roi, il mettra ce faible monarque dans une situation difficile : pourra-t-il condamner un homme qui vient de sauver la patrie dans des conditions aussi glorieuses ?

- **L'art classique** — Mais l'intérêt essentiel est ailleurs. Nous avons ici un de ces tableaux d'histoire qui reviendront si souvent dans les tragédies postérieures.

- **Le récit dramatique** — Dans la *Critique de l'École des femmes* (1663), Molière fera dire à Lysidas :« Le nom de poème dramatique vient d'un mot grec qui signifie agir, pour montrer que la nature de ce poème consiste dans l'action ; et dans cette comédie-ci, il ne se passe point d'actions, et tout consiste en des récits. » A quoi Dorante répond : « Il n'est pas vrai de dire que la pièce n'est qu'en récits [...] et les récits eux-mêmes y sont des actions, suivant la constitution du sujet. »

Il conviendra donc de montrer en quoi le récit de Rodrigue est une action et aussi qu'on y trouve les qualités classiques de concision, de plénitude et de vraisemblance ; ajoutons, enfin, la perfection de la forme.
a) Ce récit est *équilibré :* ① indiquez-en les différentes parties et comparez-en les longueurs respectives.
b) *Il est vivant*, c'est-à-dire :
— débarrassé des détails inutiles : ② montrez, par exemple, que tous les détails, du v. 1263 au v. 1272, sont indispensables à l'intelligence de l'action.
— *Varié :* notez les divers retours de fortune.
— *Dramatique :* ③ comment le spectateur est-il tenu en haleine jusqu'au bout ?
— *Pittoresque :* ④ faites un croquis qui indique la configuration générale des lieux et la position des adversaires.
c) Il est *vraisemblable*. C'était là la difficulté majeure, étant donné la disproportion des effectifs et l'obligation, imposée par l'unité de temps, d'une victoire rapide :
— éléments matériels : la rapidité avec laquelle arrivent les renforts et leur renouvellement ininterrompu. ⑤ Relevez les vers qui l'indiquent ; le stratagème et l'effet de surprise qui en résulte ;
— éléments moraux : l'ardeur des soldats et sa contagion, la démoralisation provoquée chez l'ennemi par la surprise, les cris et les revers, enfin la peur panique.
d) Le *style* même est *dramatique :*
— l'emploi des temps : ⑥ étudiez en particulier l'emploi du présent de narration ; montrez qu'il est employé exactement là où il le faut.
— la rapidité des phrases : ⑦ relevez les plus expressives ; expliquez en particulier quel effet produit le vers du dénouement.
— les contrastes : ⑧ relevez ceux qui soulignent le mieux les retournements de la situation.
— la force du vocabulaire : ⑨ relevez les vers qui vous paraîtront les plus vigoureux.

Scène IV. — DON FERNAND, DON DIÈGUE, DON RODRIGUE, DON ARIAS, DON ALONSE, DON SANCHE.

DON ALONSE. - [1330] Sire, Chimène vient vous demander justice.

DON FERNAND. — La fâcheuse nouvelle, et l'importun devoir!
Va, je ne la veux pas obliger à te voir.
Pour tous remercîments il faut que je te chasse;
Mais avant que [1] sortir, viens, que ton roi t'embrasse.
(Don Rodrigue rentre.)

DON DIÈGUE. - [1335] Chimène le poursuit, et voudrait le sauver [2].

DON FERNAND. — On m'a dit qu'elle l'aime, et je vais l'éprouver.
Montrez un œil plus triste [3].

Scène V. — DON FERNAND, DON DIÈGUE, DON ARIAS, DON SANCHE, DON ALONSE, CHIMÈNE, ELVIRE.

DON FERNAND. —   Enfin, soyez contente [4],
Chimène, le succès [5] répond à votre attente :
Si de nos ennemis Rodrigue a [6] le dessus,
[1340] Il est mort à nos yeux des coups qu'il a reçus;
Rendez grâces au Ciel qui vous en a vengée.
(A don Diègue.)
Voyez comme déjà sa couleur est changée.

DON DIÈGUE. — Mais voyez qu'elle pâme [7], et d'un amour parfait,
Dans cette pâmoison, Sire, admirez l'effet.
[1345] Sa douleur a trahi les secrets de son âme,
Et ne vous permet plus de douter de sa flamme.

CHIMÈNE. — Quoi! Rodrigue est donc mort?

DON FERNAND. —   Non, non, il voit le jour,
Et te conserve encore un immuable amour :
Calme cette douleur qui pour lui s'intéresse [8].

---

1. Voir la n. du v. 1288. — 2. Ce vers résume parfaitement les contradictions de la situation de Chimène mais manque de netteté, à première lecture, à cause de sa concision. — 3. Texte primitif : *Contrefaites le triste.* L'Académie avait blâmé la familiarité de l'expression qui est, en effet, un excellent exemple de ce que Sainte-Beuve appelle les « inégalités » de Corneille. — 4. Voir la n. du v. 52. — 5. Voir la n. du v. 71. — 6. l'Académie blâmait ce présent que le vers suivant rend, en effet, assez bizarre. — 7. S'évanouit. — 8. Voir la n. du v. 302.

CHIMÈNE.   - [1350] Sire, on pâme de joie ainsi que de tristesse :
            Un excès de plaisir nous rend tous languissants [1];
            Et quand il surprend l'âme, il accable les sens.

DON FERNAND. — Tu veux qu'en ta faveur nous croyions l'impossible ?
            Chimène, ta douleur [2] a paru trop visible.

CHIMÈNE.   - [1355] Eh bien! Sire, ajoutez ce comble à mon malheur,
            Nommez pâmoison l'effet de ma douleur :
            Un juste déplaisir [3] à ce point m'a réduite.
            Son trépas dérobait sa tête à ma poursuite;
            S'il meurt des coups reçus pour le bien du pays,
      [1360] Ma vengeance est perdue et mes desseins trahis :
            Une si belle fin m'est trop injurieuse [4].
            Je demande sa mort, mais non pas glorieuse,
            Non pas dans un éclat qui l'élève si haut,
            Non pas au lit d'honneur [5], mais sur un échafaud [6];
      [1365] Qu'il meure pour mon père, et non pour la patrie;
            Que son nom soit taché, sa mémoire flétrie.
            Mourir pour le pays n'est pas un triste sort;
            C'est s'immortaliser par une belle mort [7].
                J'aime donc sa victoire, et je le puis sans crime;
      [1370] Elle assure [8] l'État et me rend ma victime,
            Mais noble, mais fameuse [9] entre tous les guerriers,
            Le chef [10], au lieu de fleurs, couronné de lauriers;
            Et pour dire en un mot ce que j'en considère,
            Digne d'être immolée aux mânes de mon père...
      [1375]   Hélas! à quel espoir me laissé-je emporter!
            Rodrigue de ma part n'a rien à redouter :
            Que pourraient contre lui des larmes qu'on méprise ?
            Pour lui tout votre empire est un lieu de franchise [11];
            Là, sous votre pouvoir, tout lui devient permis;
      [1380] Il triomphe de moi comme des ennemis.
            Dans leur sang répandu la justice étouffée
            Au crime du vainqueur sert d'un [12] nouveau trophée :
            Nous en croissons [13] la pompe, et le mépris des lois
            Nous fait suivre son char au milieu de deux rois.

DON FERNAND. [1385] Ma fille, ces transports ont trop de violence.
            Quand on rend la justice, on met tout en balance.
            On a tué ton père, il était l'agresseur;

---

1. Non seulement sans vivacité, comme aujourd'hui, mais sans force. — 2. Variante :
ta tristesse. Douleur convient mieux. — 3. Voir le v. 116. — 4. Nuisible pour l'accomplissement de mon devoir : voir les v. 1362-1368. — 5. Aujourd'hui : *au champ d'honneur*. —
6. L'estrade où étaient exécutés les condamnés. — 7. Corneille reprendra cette maxime
dans *Horace*, v. 441-442. — 8. Met en sûreté. — 9. Célèbre (ce terme s'est affaibli). —
10. Voir le v. 598. — 11. Où les criminels ne sont pas poursuivis : un lieu d'asile. —12.
Après *servir de*, la langue actuelle omet l'article. — 13. Voir le v. 740.

Et la même équité [1] m'ordonne la douceur.
Avant que d' [2] accuser ce que j'en fais paraître,
1390 Consulte bien ton cœur : Rodrigue en est le maître,
Et ta flamme en secret rend grâces à ton roi,
Dont la faveur conserve un tel amant [3] pour toi.

CHIMÈNE. — Pour moi! mon ennemi! l'objet de ma colère!
L'auteur de mes malheurs! l'assassin de mon père!
1395 De ma juste poursuite on fait si peu de cas
Qu'on me [4] croit obliger en ne m'écoutant pas!
    Puisque vous refusez la justice à mes larmes,
Sire, permettez-moi de recourir aux armes;
C'est par là seulement qu'il a su m'outrager,
1400 Et c'est aussi par là que je me [4] dois venger.
A tous vos cavaliers [5] je demande sa tête :
Oui, qu'un d'eux me l'apporte, et je suis sa conquête;
Qu'ils le combattent, Sire; et le combat fini,
J'épouse le vainqueur, si Rodrigue est puni.
1405 Sous votre autorité souffrez qu'on le publie.

DON FERNAND. — Cette vieille coutume en ces lieux établie,
Sous couleur de [6] punir un injuste attentat,
Des meilleurs combattants affaiblit un État;
Souvent de cet abus le succès [7] déplorable
1410 Opprime l'innocent, et soutient le coupable.
J'en dispense Rodrigue : il m'est trop précieux
Pour l'exposer aux coups d'un sort capricieux;
Et quoi qu'ait pu commettre un cœur si magnanime,
Les Mores en fuyant ont emporté son crime.

DON DIÈGUE. — 1415 Quoi! Sire, pour lui seul vous renversez des lois
Qu'a vu toute la cour observer tant de fois?
Que croira votre peuple et que dira l'envie,
Si sous votre défense il ménage sa vie,
Et s'en fait un prétexte à ne paraître pas
1420 Où tous les gens d'honneur cherchent un beau trépas?
De pareilles faveurs terniraient trop sa gloire [8] :
Qu'il goûte sans rougir les fruits de sa victoire.
Le Comte eut de l'audace; il l'en a su punir :
Il l'a fait en brave [9] homme, et le doit maintenir.

DON FERNAND. — 1425 Puisque vous le voulez, j'accorde qu'il le fasse;
Mais d'un guerrier vaincu mille prendraient la place,
Et le prix que Chimène au vainqueur a promis

---

1. Voir le v. 399. — 2. Voir le v. 1288. — 3. Voir le v. 16. — 4. Voir le v. 10. — 5. Voir le v. 82. — 6. Sous prétexte de. — 7. Voir le v. 71. — 8. Voir le v. 97. — 9. Au XVIIe s , il n'y avait pas, entre *brave homme* (honnête homme) et *homme brave* (homme courageux), la différence de sens qu'il y a aujourd'hui.

> De tous mes cavaliers [1] ferait ses ennemis.
> L'opposer seul à tous serait trop d'injustice :
> 1430 Il suffit qu'une fois il entre dans la lice [2].
> Choisis qui tu voudras, Chimène, et choisis bien;
> Mais après ce combat ne demande plus rien.

1. Voir le v. 1401. — 2. Le lieu où se déroulaient les combats, les courses.

● **Les inégalités de Corneille** — Corneille reconnaît lui-même, dans l'*Examen* (p. 115, l. 100 et suiv.), deux faiblesses des scènes 4 et 5 :
— Le manque d'énergie du roi : v. 1388, 1425, 1432, 1450-1453. Corneille se repose sur l'autorité de Guilhem de Castro et celle de l'histoire (l. 121 et suiv.).
— La hâte avec laquelle Chimène vient à nouveau demander justice. Il s'en justifie par les vingt-quatre heures (l. 146 et suiv.).
① Relevez tous les moyens par lesquels, dans la dernière partie de la scène, Corneille signale que l'unité de temps est respectée.
Mais d'autres critiques ont été faites :
Le subterfuge du roi pour éprouver Chimène (v. 1337-1341) et le ton qu'il prend pour mettre en doute sa sincérité (v. 1390-1392, 1461-1464) ne conviennent guère à la dignité tragique; mais le procédé est chez Guilhem de Castro.
— Voltaire observe qu'à partir du v. 1331 « Rodrigue ne peut plus être puni. » Ainsi, Chimène ne lui faisant plus courir de danger, la force dramatique de son intervention est bien amoindrie.
— Son langage même ne nous convainc pas toujours de sa sincérité : Voltaire observe qu'en disant *l'assassin de mon père* (v. 1394) elle va au-delà de sa pensée et que sa « défaite » du v. 1350 est « comique ».

● **La morale de Chimène** — Mais, si l'on rappelle que la morale de Chimène est de ne pas faire céder l'honneur devant l'amour, on comprendra qu'elle redouble d'ardeur quand les circonstances lui deviennent défavorables; dans une atmosphère qui se détend, Chimène est seule à vivre une tragédie. C'est donc en suivant les sentiments par lesquels elle passe que nous retrouverons l'atmosphère tragique, si toutefois nous croyons à son absolue sincérité même là où son langage paraît excessif, si nous faisons la part des subtilités psychologiques fort à la mode au temps de la préciosité :
— la situation est pour elle plus dramatique que jamais : elle n'a pas à lutter seulement contre elle-même mais contre l'opinion représentée par le roi (v. 1353-1354, 1390-1392, 1461-1464) et Don Diègue (v. 1343-1346);
— elle emploie tous les moyens : mensonges désespérés pour sauver la face (v. 1350, 1357-1358), subtilités précieuses (v. 1358-1364, 1369-1374);
— mais son drame est aussi de se rendre compte de l'inutilité de ses efforts (v. 1375-1384) et de se voir incomprise (v. 1393-1396);
— elle demandera donc le duel judiciaire.
Il faudra surtout ne pas mettre en doute la sincérité du v. 1401 et voir que la seule exception que Chimène fasse à la loi du combat, elle la fait pour Rodrigue (v. 1404), à l'égard duquel elle aura, jusqu'à la fin, la même attitude (v. 1805-1806 et 1810-1812).

DON DIÈGUE.	— N'excusez point par là ceux que son bras étonne [1] :
	Laissez un champ ouvert où n'entrera personne.
1435	Après ce que Rodrigue a fait voir aujourd'hui,
	Quel courage assez vain [2] s'oserait prendre à lui [3] ?
	Qui se hasarderait contre un tel adversaire ?
	Qui serait ce vaillant, ou bien ce téméraire ?
DON SANCHE.	— Faites ouvrir le champ : vous voyez l'assaillant ;
1440	Je suis ce téméraire, ou plutôt ce vaillant.
	Accordez cette grâce à l'ardeur qui me presse,
	Madame : vous savez quelle est votre promesse.
DON FERNAND.	— Chimène, remets-tu ta querelle [4] en sa main ?
CHIMÈNE.	— Sire, je l'ai promis.
DON FERNAND.	Soyez prêt à [5] demain.
DON DIÈGUE.	1445 Non, Sire, il ne faut pas différer davantage :
	On est toujours trop [6] prêt quand on a du courage.
DON FERNAND.	— Sortir d'une bataille, et combattre à l'instant !
DON DIÈGUE.	— Rodrigue a pris haleine en vous la racontant.
DON FERNAND.	— Du moins une heure ou deux je veux qu'il se délasse.
1450	Mais de peur qu'en exemple un tel combat ne passe,
	Pour témoigner à tous qu'à regret je permets
	Un sanglant procédé qui ne me plut jamais,
	De moi ni de ma cour il n'aura la présence.
	(Il parle à don Arias.)
	Vous seul des combattants jugerez la vaillance :
1455	Ayez soin que tous deux fassent [7] en gens de cœur,
	Et, le combat fini, m'amenez [8] le vainqueur.
	Qui [9] qu'il soit, même prix est acquis à sa peine :
	Je le veux de ma main présenter à Chimène,
	Et que pour récompense il reçoive sa foi [10].
CHIMÈNE.	1460 Quoi ! Sire, m'imposer une si [11] dure loi !
DON FERNAND.	— Tu t'en plains ; mais ton feu, loin d'avouer [12] ta plainte,
	Si Rodrigue est vainqueur, l'accepte sans contrainte.
	Cesse de murmurer contre un arrêt si doux :
	Qui que ce soit des deux, j'en ferai ton époux.

---

1. Au XVIIᵉ s., ce verbe indiquait une impression physique autant que morale : fait trembler. — 2. Voir le v. 407. — 3. On dirait aujourd'hui : oserait s'en prendre. — 4. Voir le v. 244. — 5. Voir le v. 20. — 6. Tout à fait (mais sans excès). En ce sens, *trop* est resté dans la langue populaire : dans *La Mare au diable*, Marie dit de Petit Pierre : « Il est trop gentil. » — 7. Agissent. — 8. Voir le v. 290. — 9. Var : *quel qu'il soit*. Ce serait aujourd'hui la forme normale ; mais *qui* interrogeant sur l'identité non sur la qualité (comme *quel*) convient mieux ici. — 10. Promesse de mariage. — 11. Terme plus respectueux que la variante *trop*. — 12. Approuver et non, comme aujourd'hui : reconnaître.

ACTE V

Scène première. — DON RODRIGUE, CHIMÈNE[1].

CHIMÈNE.

1465 Quoi! Rodrigue, en plein jour[2]! d'où te vient cette
[audace ?
Va, tu me perds d'honneur; retire-toi, de grâce.

DON RODRIGUE. — Je vais mourir, Madame, et vous viens[3] en ce lieu,
Avant le coup mortel, dire un dernier adieu :
Cet immuable amour qui sous vos lois m'engage
1470 N'ose accepter ma mort sans vous en faire hommage[4].

CHIMÈNE. — Tu vas mourir!

DON RODRIGUE. — Je cours à ces heureux moments
Qui vont livrer ma vie à vos ressentiments[5].

CHIMÈNE. — Tu vas mourir! Don Sanche est-il si redoutable
Qu'il donne l'épouvante à ce cœur indomptable ?
1475 Qui t'a rendu si faible, ou qui le rend si fort ?

---

1. Dans l'*Examen* (p. 115, 1. 99-103), Corneille dit, à propos des deux scènes où Chimène et Rodrigue se rencontrent : « Ces beautés étaient de mise en ce temps-là et ne le seraient plus en celui-ci [...] Je ferais scrupule d'en étaler de pareilles à l'avenir sur notre théâtre. » Or, l'*Examen* est de 1660 c'est-à-dire, à un an près, contemporain d'*Œdipe*. Dans cette pièce, Dircé dit à Thésée, en parlant des héros :

Et l'univers en eux perd un trop grand secours
Pour souffrir que l'amour soit maître de leurs jours.

Et Thésée lui répond :

Aux seuls devoirs d'amant un héros s'intéresse.

On voit donc qu'entre 1636 et 1660 une forme de romanesque a succédé à une autre : la galanterie précieuse aux obligations de l'honneur féodal. — 2. Encore une indication concernant l'unité de temps. — 3. Voir la n. du v. 10. — 4. La version primitive des v. 1469-1470 :

Mon amour vous le doit, et mon cœur qui soupire
N'ose sans votre aveu sortir de votre empire,

avait toute la mièvrerie du langage précieux; et celle des v. 1471-1472 :

[...] J'y cours, et le Comte est vengé
Aussitôt que de vous j'en aurai le congé

était bien froide. — *Hommage* au sens féodal du mot (offrande du chevalier à sa dame) a été conservé dans le langage de la galanterie. — 5. Voir le v. 263. Ce serait faire, ici, un contresens particulièrement fâcheux que de donner à *ressentiment* le sens actuel de : souvenir d'une injure avec désir de s'en venger (Littré).

Rodrigue va combattre, et se croit déjà mort!
Celui qui n'a pas craint les Mores, ni mon père,
Va combattre don Sanche, et déjà désespère!
Ainsi donc au [1] besoin ton courage s'abat!

DON RODRIGUE. — [1480] Je cours à mon supplice, et non pas au combat [2];
Et ma fidèle ardeur sait bien m'ôter l'envie,
Quand vous cherchez ma mort, de défendre ma vie.
    J'ai toujours même cœur [3]; mais je n'ai point de bras
Quand il faut conserver ce qui ne vous plaît pas;
[1485] Et déjà cette nuit m'aurait été mortelle
Si j'eusse combattu pour ma seule querelle [4];
Mais défendant mon Roi, son peuple et mon pays,
A me défendre [5] mal je les aurais trahis.
Mon esprit généreux [6] ne hait pas tant la vie
[1490] Qu'il en veuille sortir par une perfidie.
Maintenant qu'il s'agit de mon seul intérêt,
Vous demandez ma mort, j'en accepte l'arrêt.
Votre ressentiment choisit la main d'un autre
(Je ne méritais pas de mourir de la vôtre) [7].
[1495] On ne me verra point en repousser les coups;
Je dois plus de respect à qui combat pour vous;
Et ravi [8] de penser que c'est de vous qu'ils viennent,
Puisque c'est votre honneur que ses armes soutiennent,
Je vais lui présenter mon estomac [9] ouvert,
[1500] Adorant en sa main la vôtre qui me perd.

CHIMÈNE. — Si d'un triste devoir la juste violence,
Qui me fait malgré moi poursuivre ta vaillance,
Prescrit à ton amour une si forte loi
Qu'il te rend sans défense à qui combat pour moi,
[1505] En cet aveuglement ne perds pas la mémoire
Qu'ainsi que de ta vie il y va de ta gloire [10],
Et que dans quelque éclat que Rodrigue ait vécu,
Quand on le saura mort, on le croira vaincu.
    Ton honneur t'est plus cher que je ne te suis chère,
[1510] Puisqu'il trempe tes mains dans le sang de mon père,
Et te fait renoncer, malgré ta passion,

---

1. Dans le besoin (voir p. 31, n. 3). Attention au contresens possible puisque, aujourd'hui, *au besoin* signifie : éventuellement. — 2. Ce vers répond au vers précédent : je n'ai pas besoin de courage puisque je n'ai pas à me défendre. — 3. Voir le v. 120. — 4. Voir le v. 244. — 5. Voir le v. 5. — 6. Voir le v. 270. — 7. Le ton est celui de la tristesse à laquelle se mêle le reproche. — 8. Voir le v. 21. — 9. Selon Vaugelas *estomac* était, par rapport à *poitrine*, le mot noble. Aujourd'hui nous pensons le contraire. — 10. Voir le v. 97.

> A l'espoir le plus doux [1] de ma possession :
> Je t'en vois cependant faire si peu de conte [2],
> Que sans rendre [3] combat tu veux qu'on te surmonte [4].
> 1515 Quelle inégalité [5] ravale [6] ta vertu [7] ?
> Pourquoi ne l'as-tu plus, ou pourquoi l'avais-tu ?
> Quoi ? n'es-tu généreux [8] que pour me faire outrage ?
> S'il ne faut m'offenser, n'as-tu point de courage ?
> Et traites-tu mon père avec tant de rigueur,
> 1520 Qu'après l'avoir vaincu, tu souffres un vainqueur ?
> Va, sans vouloir mourir, laisse-moi te poursuivre,
> Et défends ton honneur, si tu ne veux plus vivre.

1. Raccourci d'expression : l'espoir qui fut pour toi le plus doux. — 2. Voir le v. 385. — 3. *Faire*, en parlant d'actions qui impliquent réciprocité. — 4. Qu'on te vainque. — 5. Voir le v. 15. — 6. Rabaisse. — 7. Ton courage. — 8. Voir le v. 270.

● **L'action** — Pour apprécier la force dramatique de cette scène, il faut se souvenir des commentaires de Péguy et de M. Adam que nous avons rappelés plus haut (p. 69). Chimène est toujours aux prises avec deux devoirs également impériaux : le devoir d'honneur et le devoir d'amour (v. 1554). Cela posé, étudions le mouvement de la scène :

— Chimène est d'abord indignée par l'arrivée de Rodrigue : v. 1465-1466.

— C'est ensuite la stupeur devant la résolution de Rodrigue : v. 1471. Le brusque changement de ton souligne l'intensité du drame qui se joue dans l'âme de Chimène.

— Mais la stupeur ne dure qu'un instant; Chimène se ressaisit et engage la lutte.

① Montrez comment, du v. 1473 au v. 1479, Chimène passe progressivement du ton de l'angoisse à celui d'une ironie destinée à piquer l'amour-propre de Rodrigue.

— Rodrigue est alors obligé de se défendre mais il ne cède pas.

② Montrez comment, du v. 1480 au v. 1500, Rodrigue réfute les suppositions de Chimène et lui donne les vraies raisons de sa conduite.

— Les suppositions injurieuses n'ayant pas porté, Chimène va faire appel au sentiment de l'honneur qui paraît, chez Rodrigue, plus fort que l'amour : v. 1509.

③ Étudiez le pathétique (fond et forme) des v. 1509-1522.

— Mais Rodrigue va retourner contre elle les arguments de Chimène : v. 1539-1542.

④ Étudiez la suite des idées du v. 1523 au v. 1546.

— Enfin Chimène, poussée dans ses derniers retranchements, va avoir recours au moyen suprême : v. 1556.

⑤ Étudiez, du v. 1547 au v. 1557, ce qui fait la valeur dramatique de cette tirade :

— les circonstances : v. 1547-1548;

— les diverses considérations qui retardent l'aveu : v. 1549-1555;

— la forme donnée à l'aveu : v. 1444, 1460 et 1554;

— l'attitude de Chimène après l'aveu (v. 1557).

⑥ Expliquez pourquoi Voltaire put voir, dans le v. 1556, « le plus beau vers de la pièce ».

DON RODRIGUE. — Après la mort du Comte, et les Mores défaits [1],
　　　　　Faudrait-il à ma gloire [2] encor d'autres effets [3] ?
1525　Elle peut dédaigner le soin de me défendre [4] :
　　　　　On sait que mon courage ose tout entreprendre,
　　　　　Que ma valeur peut tout, et que dessous [5] les cieux,
　　　　　Auprès de mon honneur, rien ne m'est précieux.
　　　　　Non, non, en ce combat, quoi que vous veuilliez croire,
1530　Rodrigue peut mourir sans hasarder sa gloire,
　　　　　Sans qu'on l'ose accuser d'avoir manqué de cœur [6],
　　　　　Sans passer pour vaincu, sans souffrir un vainqueur.
　　　　　On dira seulement : « Il adorait Chimène ;
　　　　　Il n'a pas voulu vivre et mériter sa haine ;
1535　Il a cédé lui-même à la rigueur du sort
　　　　　Qui forçait sa maîtresse à poursuivre sa mort :
　　　　　Elle voulait sa tête ; et son cœur magnanime,
　　　　　S'il l'en eût refusée [7], eût pensé faire un crime.
　　　　　Pour venger son honneur il perdit son amour,
1540　Pour venger sa maîtresse il a quitté le jour,
　　　　　Préférant, quelque espoir qu'eût son âme asservie [8],
　　　　　Son honneur à Chimène, et Chimène à sa vie. »
　　　　　Ainsi donc vous verrez ma mort en ce combat,
　　　　　Loin d'obscurcir ma gloire, en rehausser l'éclat ;
1545　Et cet honneur suivra mon trépas volontaire,
　　　　　Que [9] tout autre que moi n'eût pu vous satisfaire.

CHIMÈNE. 　— Puisque, pour t'empêcher de courir au trépas,
　　　　　Ta vie et ton honneur sont de faibles appas,
　　　　　Si jamais je t'aimai [10], cher Rodrigue, en revanche [11],
1550　Défends-toi maintenant pour m'ôter à Don Sanche ;
　　　　　Combats pour m'affranchir d'une condition
　　　　　Qui me donne à l'objet de mon aversion.
　　　　　Te dirai-je encor plus ? va, songe à ta défense,
　　　　　Pour forcer mon devoir, pour m'imposer silence ;
1555　Et si tu sens pour moi ton cœur encore épris,
　　　　　Sors vainqueur d'un combat dont Chimène est le prix.
　　　　　Adieu : ce mot lâché me fait rougir de honte.

DON RODRIGUE, *seul*.
　　　　　— Est-il quelque ennemi qu'à présent je ne dompte ?

---

1. La défaite des Mores : voir le v. 643. — 2. Voir le v. 97. — 3. Voir le v. 184. —
4. Variante : *Contre un autre ennemi n'a plus à se défendre*. L'Académie avait remarqué,
dans cette première rédaction, un orgueil excessif. Corneille a reconnu la justesse de la
critique, mais le texte primitif s'accordait mieux avec le ton général (voir les v. 1526-
1528). — 5. Voir le v. 138. — 6. Voir le v. 120. — 7. Voir le v. 218. — 8. Selon la morale
de la littérature courtoise, l'amant était le vassal de sa dame. — 9. La proposition détermine *honneur : honneur* qui consiste en ce que... — 10. *Si* exprime discrètement la cause :
puisque. — 11. « Action de rendre la pareille pour un mal qu'on a reçu. Il se dit quelquefois en bonne part pour : reconnaissance, retour » (Littré).

Paraissez, Navarrais, Mores et Castillans [1],
1560 Et tout ce que l'Espagne a nourri de vaillants;
Unissez-vous ensemble, et faites une armée,
Pour combattre une main de la sorte animée :
Joignez tous vos efforts contre un espoir si doux;
Pour en venir à bout, c'est trop peu que de vous.

SCÈNE II. — L'INFANTE.

1565 T'écouterai-je encor, respect de ma naissance,
Qui fais un crime de mes feux [2] ?
T'écouterai-je, amour, dont la douce puissance
Contre ce fier tyran fait révolter mes vœux ?
Pauvre princesse, auquel des deux [3]
1570 Dois-tu prêter obéissance ?
Rodrigue, ta valeur te rend digne de moi;
Mais pour être [4] vaillant, tu n'es pas fils de roi.

Impitoyable sort, dont la rigueur sépare
Ma gloire [5] d'avec mes désirs!
1575 Est-il dit que le choix d'une vertu si rare
Coûte à ma passion de si grands déplaisirs [6] ?
O Cieux! à combien de soupirs
Faut-il que mon cœur se prépare,
Si jamais il n'obtient sur [7] un si long tourment
1580 Ni d'éteindre l'amour, ni d'accepter l'amant [8] !

---

1. Tous les ennemis du roi. — 2. Voir le v. 6. — 3. Le respect de la naissance et l'amour.
— 4. Quoique tu sois. — 5. Voir le v. 97. — 6. Voir le v. 116. — 7. En l'emportant sur. —
8. Voir le v. 16.

- **L'espagnolisme** — A une remarque de Voltaire, étonné qu'on supprimât
à la représentation les v. 1560-1564, Palissot ajoute : « Ces vers étaient
parfaitement dans les mœurs espagnoles du temps et personne n'a
porté plus loin que Corneille ce mérite de peindre fidèlement les mœurs
des nations qu'il met en scène. »
- **Les inégalités de Corneille** — Voltaire se demande comment on peut
« ramener encore sur la scène notre pitoyable Infante ».
En effet, il est difficile de trouver à cette scène 2 la moindre force dramatique :
1° Après le v. 1556, l'Infante ne peut plus espérer disputer Rodrigue à
Chimène : v. 1591-1592 et 1595-1596.
2° Depuis longtemps, l'Infante elle-même a renoncé à la lutte.
3° Les événements qui ont suivi n'ont rien changé à la situation :
v. 1591-1592.
4° Le style a toutes les mièvreries de la préciosité : *feux, douce
puissance, fier tyran* (v. 1566-1568); *tourment* (v. 1579); pointe des
v. 1585-1586.

Mais c'est trop de scrupule, et ma raison s'étonne,
Du mépris d'un si digne [1] choix :
Bien qu'aux monarques seuls ma naissance me donne,
Rodrigue, avec honneur je vivrai sous tes lois.
1585   Après avoir vaincu deux rois,
Pourrais-tu manquer de couronne [2] ?
Et ce grand nom de Cid [3] que tu viens de gagner
Ne fait-il pas trop voir sur qui tu dois régner ?
Il est digne de moi, mais il est à Chimène ;
1590   Le don que j'en ai fait me nuit.
Entre eux la mort d'un père a si peu mis de haine,
Que le devoir du sang à regret le poursuit :
Ainsi n'espérons aucun fruit
De son crime, ni de ma peine,
1595 Puisque pour me punir le destin a permis
Que l'amour dure même entre deux ennemis.

Scène III. — L'INFANTE, LÉONOR.

L'INFANTE.   — Où viens-tu, Léonor ?

LÉONOR.   Vous applaudir, Madame,
Sur le repos qu'enfin a retrouvé votre âme.

L'INFANTE.   — D'où viendrait ce repos dans un comble d'ennui [4] ?

LÉONOR.   1600 Si l'amour vit d'espoir, et s'il meurt avec lui,
Rodrigue ne peut plus charmer [5] votre courage [6].
Vous savez le combat où [7] Chimène l'engage :
Puisqu'il faut qu'il y meure, ou qu'il soit son mari,
Votre espérance est morte, et votre esprit guéri.

L'INFANTE.   1605 Ah ! qu'il s'en faut encor !

LÉONOR.   Que pouvez-vous prétendre [8] ?

L'INFANTE.   — Mais plutôt quel espoir me pourrais-tu défendre ?
Si Rodrigue combat sous ces conditions,
Pour en rompre l'effet, j'ai trop [9] d'inventions.
L'amour, ce doux auteur de mes cruels supplices,
1610 Aux esprits des amants [10] apprend trop [9] d'artifices.

LÉONOR.   — Pourrez-vous quelque chose, après qu'un père mort [11]
N'a pu dans leurs esprits allumer de discord [12] ?
Car Chimène aisément montre par sa conduite
Que la haine aujourd'hui ne fait [13] pas sa poursuite.
1615 Elle obtient un combat, et pour son combattant

---

1. Voir le v. 22. — 2. Jeu de mots sur le sens propre et le sens figuré de *couronne*. — 3. Voir p. 87, n. 7. — 4. Voir le v. 448. — 5. Voir le v. 3. — 6. Voir le v. 120. — 7. Voir le v. 97. — 8. Transitif direct : revendiquer. — 9. Voir le v. 1446. — 10. Voir le v. 16. — 11 Voir le v. 643. — 12. Voir le v. 476. — 13. *Faire* s'employait, au XVIIᵉ s., là où la langue moderne exige des termes plus précis : ici, *déterminer*.

C'est le premier offert qu'elle accepte à l'instant :
Elle n'a point recours à ces mains généreuses [1]
Que tant d'exploits fameux rendent si glorieuses;
Don Sanche lui suffit, et mérite son choix,
1620 Parce qu'il va s'armer pour la première fois.
Elle aime en ce duel son peu d'expérience;
Comme il est sans renom, elle est sans défiance;
Et sa facilité vous doit bien faire voir
Qu'elle cherche un combat qui force son devoir,
1625 Qui livre à son Rodrigue une victoire aisée,
Et l'autorise enfin à paraître apaisée.

L'INFANTE.   — Je le remarque assez, et toutefois mon cœur
A l'envi de [2] Chimène adore ce vainqueur.
A quoi me résoudrai-je, amante infortunée ?

LÉONOR   — 1630 A vous mieux souvenir de qui vous êtes née :
Le Ciel vous doit un roi, vous aimez un sujet !

L'INFANTE.   — Mon inclination a bien changé d'objet.
Je n'aime plus Rodrigue, un simple gentilhomme;
Non, ce n'est plus ainsi que mon amour le nomme :
1635 Si j'aime, c'est l'auteur de tant de beaux exploits,
C'est le valeureux Cid, le maître de deux rois.
    Je me vaincrai pourtant, non de peur d'aucun [3] blâme,
Mais pour ne troubler pas une si belle flamme;
Et quand pour m'obliger on l'aurait couronné,
1640 Je ne veux point reprendre un bien que j'ai donné.
Puisqu'en un tel combat sa victoire est certaine,
Allons encore un coup [4] le donner à Chimène.
Et toi, qui vois les traits dont mon cœur est percé,
Viens me voir achever comme j'ai commencé.

---

1. Voir le v. 270. — 2. En rivalisant avec. Aujourd'hui, l'expression ne s'emploie guère que sans complément. — 3. *Aucun* a ici la valeur primitive de *quelque*, qu'il a conservée dans les phrases interrogatives ou dubitatives. — 4. L'expression n'était pas familière comme aujourd'hui.

● **Les inégalités de Corneille** — Cette scène se justifie encore moins, si possible, que la précédente, sinon par la nécessité de ménager le délai nécessaire au duel.
  — Les stances (*le Cid*, I, 7) avaient fait passer Rodrigue du désarroi à une certaine sérénité. Ici, alors que les v. 1593-1594 annonçaient l'apaisement, les v. 1599 et 1605 indiquent qu'il n'y a pas de changement, au contraire, donc pas de mouvement dramatique. Bien mieux, alors qu'à la scène précédente l'Infante voyait que la mort du Comte n'avait rien changé entre Rodrigue et Chimène (v. 1591-1592, 1595-1596), c'est Léonor qui doit le lui rappeler ici : v. 1611-1614.
  — Les v. 1608-1610 disent l'intention de disputer Rodrigue à Chimène; sans transition, les v. 1637-1644 expriment le renoncement. ① Le revirement est-il vraisemblable?

Scène IV. — CHIMÈNE, ELVIRE.

CHIMÈNE.

—1645 Elvire, que je souffre, et que je suis à plaindre!
Je ne sais qu'espérer, et je vois tout à craindre;
Aucun vœu ne m'échappe où [1] j'ose consentir;
Je ne souhaite rien sans un prompt repentir.
A deux rivaux pour moi je fais prendre les armes :
1650 Le plus heureux succès [2] me coûtera des larmes;
Et quoi qu'en ma faveur en ordonne le sort,
Mon père est sans vengeance, ou mon amant [3] est mort.

ELVIRE.

— D'un et d'autre [4] côté je vous vois soulagée :
Ou vous avez Rodrigue, ou vous êtes vengée;
1655 Et quoi que le destin puisse ordonner de vous,
Il soutient votre gloire [5], et vous donne un époux.

CHIMÈNE.

— Quoi! l'objet de ma haine ou de tant de colère!
L'assassin de Rodrigue ou celui de mon père!
De tous les deux côtés on me donne un mari
1660 Encor tout teint du sang que j'ai le plus chéri;
De tous les deux côtés mon âme se rebelle :
Je crains plus que la mort la fin de ma querelle [6].
Allez, vengeance, amour, qui troublez mes esprits [7],
Vous n'avez point pour moi de douceurs à ce prix;
1665 Et toi, puissant moteur [8] du destin qui m'outrage,
Termine ce combat sans aucun avantage,
Sans faire aucun des deux ni vaincu ni vainqueur.

ELVIRE.

— Ce serait vous traiter avec trop de rigueur.
Ce combat pour votre âme est un nouveau supplice,
1670 S'il vous laisse obligée à demander justice,
A témoigner toujours ce haut [9] ressentiment,
Et poursuivre toujours la mort de votre amant.
Madame, il vaut bien mieux que sa rare vaillance,
Lui couronnant le front, vous impose silence;
1675 Que la loi du combat étouffe vos soupirs,
Et que le Roi vous force à suivre vos désirs.

CHIMÈNE.

— Quand il sera vainqueur, crois-tu que je me rende ?
Mon devoir est trop fort, et ma perte trop grande,
Et ce n'est pas assez, pour leur [10] faire la loi,

---

1. Voir le v. 97. — 2. Voir le v. 71. — 3. Voir le v. 16. — 4. Le XVIIᵉ s. supprimait souvent l'article. — 5. Voir le v. 97. — 6. Voir le v. 244. — 7. Au pluriel, ce mot n'avait pas, au XVIIᵉ s., la nuance familière qu'il a aujourd'hui. — 8. Métaphore qui désigne Dieu, qu'on avait quelque scrupule à nommer sur la scène. — 9. D'une grande intensité et non d'une grande élévation morale. — 10. *Leur* représente *devoir* et *perte*. Or, l'Académie remarqua qu'on ne dit pas « faire la loi à une perte ».

1680 Que celle du combat et le vouloir du Roi.
Il peut vaincre don Sanche avec fort peu de peine,
Mais non pas avec lui la gloire [1] de Chimène;
Et quoi qu'à sa victoire un monarque ait promis,
Mon honneur lui fera mille autres ennemis.

ELVIRE. 1685 Gardez [2], pour vous punir de cet orgueil étrange,
Que le Ciel à la fin ne souffre qu'on vous venge.
Quoi! vous voulez encor refuser le bonheur
De pouvoir maintenant vous taire avec honneur?
1690 Que prétend ce devoir, et qu'est-ce qu'il espère?
La mort de votre amant [3] vous rendra-t-elle un père?
Est-ce trop peu pour vous que d'un [4] coup de malheur?
Faut-il perte sur perte, et douleur sur douleur?
Allez, dans le caprice où votre humeur s'obstine,
Vous ne méritez pas l'amant qu'on vous destine;

---

1. Voir le v. 97. — 2. Voir le v. 997. — 3. Voir le v. 16. — 4. Un seul.

- **L'action** — La dernière des scènes qui nous permettent d'attendre l'issue du duel est beaucoup plus nécessaire et dramatique que les deux autres. Au moment où le drame va se dénouer, il importe de souligner que Chimène n'a rien cédé et que la contradiction entre les deux devoirs — celui de l'honneur et celui de l'amour — est toujours aussi forte.
Corneille a donc ménagé un contraste entre l'idéal héroïque de Chimène et celui, qu'on peut appeler bourgeois, de sa confidente.
① Montrez comment la morale de Chimène (v. 1650-1652) s'oppose à celle d'Elvire (v. 1653-1656).
La scène ne sera qu'une confrontation entre les deux et le mouvement dramatique sera constitué par la résistance de Chimène à ce qu'on pourrait appeler la tentation bourgeoise.
② Montrez comment les apaisements d'Elvire (v. 1653-1656) aboutissent à un résultat exactement contraire à celui qu'elle en attendait (v. 1657-1667).
③ Quelle image résume, non sans emphase, le caractère dramatique de la situation?
④ Quels vers montrent que, pour Chimène, la situation est encore sans issue?
⑤ A quel autre argument, qu'elle juge plus capable d'impressionner Chimène, Elvire a-t-elle ensuite recours (v. 1675-1676)?
⑥ Montrez comment l'orgueil féodal, exprimé dans les v. 1677-1684, rend tout aussi vain le second argument.
— Elvire fait enfin appel au courroux du Ciel qui frappe ceux qui se rendent coupables de cette démesure que les Grecs appelaient *ubris* et qu'Elvire appelle (v. 1685) *orgueil étrange*.
Chimène alors cède en partie : v. 1700-1702. Mais son *appréhension* d'être à Don Sanche n'est là que pour préparer un effet dramatique.

1695 Et nous verrons du Ciel l'équitable courroux
Vous laisser, par sa mort, don Sanche pour époux.

CHIMÈNE. — Elvire, c'est assez des peines que j'endure,
Ne les redouble point de ce funeste [1] augure.
Je veux, si je le puis, les éviter tous deux;
1700 Sinon en ce combat Rodrigue a tous mes vœux :
Non qu'une folle ardeur de son côté me penche [2];
Mais s'il était vaincu, je serais à don Sanche :
Cette appréhension fait naître mon souhait.
Que vois-je, malheureuse ? Elvire, c'en est fait.

SCÈNE V. — DON SANCHE, CHIMÈNE, ELVIRE.

DON SANCHE. 1705 Obligé d'apporter à vos pieds cette épée...

CHIMÈNE. — Quoi! du sang de Rodrigue encor toute trempée [3]?
Perfide, oses-tu bien te montrer à mes yeux,
Après m'avoir ôté ce que j'aimais le mieux ?
        Éclate, mon amour, tu n'as plus rien à craindre :
1710 Mon père est satisfait, cesse de te contraindre.
Un même coup a mis ma gloire [4] en sûreté,
Mon âme au désespoir, ma flamme [5] en liberté.

DON SANCHE. — D'un esprit plus rassis...

CHIMÈNE. —   Tu me parles encore,
Exécrable assassin d'un héros que j'adore ?
1715 Va, tu l'as pris en traître; un guerrier si vaillant
N'eût jamais succombé sous un tel assaillant [6].
N'espère rien de moi, tu ne m'as point servie :
En croyant me venger, tu m'as ôté la vie.

DON SANCHE. — Étrange impression, qui, loin de m'écouter...

---

1. Voir le v. 669. — 2. Avec le sens factitif qui n'était pas usuel puisque l'Académie remarque qu'il fallait dire : *me fait pencher*. — 3. Voir le v. 858. — 4. Voir le v. 97. — 5. Voir le v. 6. — 6. Entre les v. 1716 et 1717, ont été supprimés les vers suivants :

ELVIRE. — Mais, Madame, écoutez...
CHIMÈNE. —   Que veux-tu que j'écoute ?
Après ce que je vois puis-je être encore en doute ?
J'obtiens, pour mon malheur, ce que j'ai demandé
Et ma juste poursuite a trop bien succédé.
Pardonne, cher amant, à sa rigueur sanglante,
Songe que je suis fille aussi bien comme amante :
Si j'ai vengé mon père aux dépens de ton sang,
Du mien, pour te venger, j'épuiserai mon flanc;
Mon âme désormais n'a rien qu'il la retienne :
Elle ira recevoir ce pardon de la tienne.
Et toi, qui me prétends acquérir par sa mort,
Ministre déloyal de mon rigoureux sort...

Ces considérations morales ralentissaient inutilement le mouvement dramatique.

CHIMÈNE.   ―1720 Veux-tu que de sa mort je t'écoute vanter [1],
                      Que j'entende à loisir avec quelle insolence
                      Tu peindras son malheur, mon crime et ta vaillance [2] ?

SCÈNE VI. — DON FERNAND, DON DIÈGUE,
DON ARIAS, DON SANCHE, DON ALONSE,
CHIMÈNE, ELVIRE.

CHIMÈNE.   — Sire, il n'est plus besoin de vous dissimuler
                      Ce que tous mes efforts ne vous ont pu celer [3].
                  1725 J'aimais, vous l'avez su; mais pour venger mon père,
                      J'ai bien voulu proscrire [4] une tête si chère :
                      Votre Majesté, Sire, elle-même a pu voir
                      Comme [5] j'ai fait céder mon amour au devoir.
                      Enfin Rodrigue est mort, et sa mort m'a changée
                  1730 D'implacable ennemie en amante affligée.
                      J'ai dû cette vengeance à qui m'a mise au jour,
                      Et je dois maintenant ces pleurs à mon amour.
                      Don Sanche m'a perdue en prenant ma défense,
                      Et du bras qui me perd je suis la récompense !
                  1735 Sire, si la pitié peut émouvoir un roi,
                      De grâce, révoquez une si dure loi;

_____

1. *Je t'écoute te vanter*. — 2. Ici, Corneille a supprimé quatre vers :
     Qu'à tes yeux ce récit tranche mes tristes jours?
     Va, va, je mourrai bien sans ce cruel secours;
     Abandonne mon âme au mal qui la possède :
     Pour venger mon amant je ne veux point qu'on m'aime.
— 3. Cacher. — 4. Sens primitif : mettre à prix. — 5. Voir le v. 79.

● **L'action** — La scène 5, condamnée par l'Académie, fut aussi condamnée
par Voltaire. Elle a en effet deux défauts :
  1º « Il n'est pas naturel que l'erreur de Chimène dure si longtemps. »
  2º C'est la seconde fois que Chimène croit Rodrigue mort alors qu'il
ne l'est pas, et cela fait une fois de trop.
  D'ailleurs, Corneille, sentant que cette scène ne devait pas ralentir le
mouvement dramatique, l'a abrégée : voir les variantes.
  Cependant, c'est ici que se termine, remarque M. Couton, « la tragédie
de l'honneur », tandis que « la tragédie de l'amour » continue : voir
les v. 1709-1712 et 1723-1730.

  Mais il fallait que la tragédie de l'honneur fût terminée. Corneille dit
en effet (*Examen*, p. 115, l. 70-71), parlant du mariage : « Pour ne pas
contredire l'histoire, j'ai cru ne me pouvoir dispenser d'en jeter quelque
idée, mais avec incertitude de l'effet. » Encore fallait-il que cet effet
fût psychologiquement vraisemblable. ① Vous montrerez que la vraisemblance en est assurée par les v. 1709-1712 et 1723-1730.

Pour prix d'une victoire où je perds ce que j'aime,
Je lui laisse mon bien; qu'il me laisse à moi-même;
Qu'en un cloître sacré je pleure incessamment [1],
1740 Jusqu'au dernier soupir, mon père et mon amant [2].

DON DIÈGUE. — Enfin elle aime, Sire, et ne croit plus un crime
D'avouer par sa bouche [3] un amour légitime.

DON FERNAND. — Chimène, sors d'erreur, ton amant [2] n'est pas mort,
Et don Sanche vaincu t'a fait un faux rapport.

DON SANCHE. 1745 Sire, un peu trop d'ardeur malgré moi l'a déçue [4] :
Je venais du combat lui raconter l'issue.
Ce généreux [5] guerrier, dont son cœur est charmé :
« Ne crains rien, m'a-t-il dit, quand il m'a désarmé;
Je laisserais plutôt la victoire incertaine,
1750 Que de répandre un sang hasardé [6] pour Chimène;
Mais puisque mon devoir m'appelle auprès du Roi [7],
Va de notre combat l' [8] entretenir pour moi,
De la part du vainqueur lui porter ton épée. »
Sire, j'y suis venu : cet objet l'a trompée;
1755 Elle m'a cru vainqueur, me voyant de retour,
Et soudain sa colère a trahi son amour
Avec tant de transport et tant d'impatience,
Que je n'ai pu gagner un moment d'audience [9].
Pour moi, bien que vaincu, je me répute heureux;
1760 Et malgré l'intérêt [10] de mon cœur amoureux,
Perdant infiniment, j'aime encor ma défaite,
Qui fait le beau succès [11] d'une amour [12] si parfaite.

DON FERNAND. — Ma fille, il ne faut point rougir d'un si beau feu,
Ni chercher les moyens d'en faire un désaveu.
1765 Une louable honte en vain t'en sollicite :
Ta gloire [13] est dégagée, et ton devoir est quitte;
Ton père est satisfait, et c'était le venger
Que mettre tant de fois ton Rodrigue en danger.
Tu vois comme le Ciel autrement en dispose.
1770 Ayant tant fait pour lui [14], fais pour toi quelque chose,
Et ne sois point rebelle à mon commandement,
Qui te donne un époux aimé si chèrement.

---

1. Sans cesse, et non : dans un bref délai. — 2. Voir le v. 16. — 3. L'expression serait redondante si l'on ne se souvenait des v. 1342-1343 où la pâmoison constitue un premier aveu. — 4. Voir le v. 57. — 5. Voir le v. 270. — 6. Risqué. — 7. Voir le v. 1456. — 8. *L'* représente Chimène. — 9. Je n'ai pu me faire entendre. — 10. Voir le v. 822. — 11. Voir le v. 71. — 12. Au XVIIe s., on hésitait encore entre le masculin et le féminin. — 13. Voir le v. 97. — 14. *Lui* représente le *père* (v. 1767).

SCÈNE VII. — DON FERNAND, DON DIÈGUE,
DON ARIAS, DON RODRIGUE, DON ALONSE,
DON SANCHE, L'INFANTE, CHIMÈNE,
LÉONOR, ELVIRE.

L'INFANTE. — Sèche tes pleurs, Chimène, et reçois sans tristesse
Ce généreux [1] vainqueur des mains de ta princesse.

DON RODRIGUE. 1775 Ne vous offensez point, Sire, si devant vous
Un respect amoureux me jette à ses genoux.
Je ne viens point ici demander ma conquête :
Je viens tout de nouveau vous apporter ma tête,
Madame; mon amour n'emploiera point pour moi
1780 Ni la loi du combat [2], ni le vouloir du Roi.
Si tout ce qui s'est fait est trop peu pour un père,
Dites par quels moyens il vous [3] faut satisfaire.
Faut-il combattre encor mille et mille rivaux,
Aux deux bouts de la terre étendre mes travaux [4],
1785 Forcer moi seul un camp, mettre en fuite une armée,
Des héros fabuleux [5] passer [6] la renommée ?
Si mon crime par là se peut enfin laver,
J'ose tout entreprendre, et puis tout achever;
Mais si ce fier honneur, toujours inexorable,
1790 Ne se [7] peut apaiser sans la mort du coupable,
N'armez plus contre moi le pouvoir des humains :
Ma tête est à vos pieds, vengez-vous par vos mains;

---

1. Voir le v. 270. — 2. Celle qui donne Chimène au vainqueur. — 3. Voir le v. 10. —
4. Voir le v. 239. — 5. Les héros de la fable, c'est-à-dire de la mythologie. — 6. Dépasser.
— 7. Voir le v. 10.

● **La tragédie politique** — Nous pourrions croire terminé le rôle de Chimène : nous avons vu, à propos des scènes précédentes, comment elle convainquait de moins en moins son entourage de la sincérité de son attitude à l'égard de Rodrigue, et elle avoue définitivement sa défaite aux v. 1723-1724 et 1732.
Mais il reste la tragédie politique : il s'agit de savoir si elle acceptera l'obligation que lui crée le duel judiciaire (voir le v. 1444).
— Elle demande au roi de l'en délier tant qu'elle croit qu'elle devra épouser Don Sanche (v. 1736);
— mais cela ne dure que le temps d'apprendre que Rodrigue n'est pas mort (v. 1743);
— comme le devoir de Chimène lui interdit tout autant d'épouser Rodrigue, c'est encore à l'autorité du roi qu'elle fait appel pour l'en dispenser : v. 1808-1812;
— finalement, l'autorité du roi prévaudra : v. 1840.

Vos mains seules ont droit de vaincre un invincible ;
Prenez une vengeance à tout autre impossible.
1795 Mais du moins que ma mort suffise à me punir :
Ne me bannissez point de votre souvenir ;
Et puisque mon trépas conserve votre gloire [1],
Pour vous en revancher [2] conservez ma mémoire,
Et dites quelquefois, en déplorant mon sort :
1800 « S'il ne m'avait aimée, il ne serait pas mort. »

CHIMÈNE. — Relève-toi, Rodrigue. Il faut l'avouer, Sire,
Je vous en ai trop dit pour m'en pouvoir dédire.
Rodrigue a des vertus que je ne puis haïr ;
Et quand un roi commande, on lui doit obéir.
1805 Mais à quoi que déjà vous m'ayez condamnée [3],
Pourrez-vous à vos yeux souffrir cet hyménée ?
Et quand de mon devoir vous voulez cet effort,
Toute votre justice en [4] est-elle d'accord ?
Si Rodrigue à l'État devient si nécessaire,
1810 De ce qu'il fait pour vous dois-je être le salaire,
Et me livrer moi-même au reproche éternel
D'avoir trempé mes mains dans le sang paternel ?

DON FERNAND. — Le temps assez souvent a rendu légitime
Ce qui semblait d'abord ne se pouvoir sans crime :
1815 Rodrigue t'a gagnée, et tu dois être à lui.
Mais quoique sa valeur t'ait conquise aujourd'hui,
Il faudrait que je fusse ennemi de ta gloire,
Pour lui donner sitôt le prix de sa victoire.
Cet hymen différé ne rompt point une loi
1820 Qui sans marquer de temps lui destine ta foi.
Prends un an, si tu veux, pour essuyer tes larmes.
Rodrigue, cependant [5], il faut prendre les armes.
Après avoir vaincu les Mores sur nos bords,
Renversé leurs desseins, repoussé leurs efforts,
1825 Va jusqu'en leur pays leur reporter la guerre,
Commander mon armée, et ravager leur terre :
A ce nom seul de Cid ils trembleront d'effroi ;
Ils t'ont nommé Seigneur [6], et te voudront pour roi.
Mais parmi tes hauts faits sois-lui toujours fidèle :
1830 Reviens-en, s'il se peut, encor plus digne d'elle ;
Et par tes grands exploits fais-toi si bien priser [7]

---

1. Voir le v. 97. — 2. *En* représente le *trépas* : en compensation de mon trépas. —
3. Texte primitif des v. 1807-1810 :
        Qu'un même jour commence et finisse mon deuil,
        Mette en mon lit Rodrigue et mon père au cercueil ?
        C'est trop d'intelligence avec son homicide.
        Vers ses mânes sacrés c'est me rendre perfide.
— 4. De cet effort. — 5. Sens étymologique : pendant ce temps. — 6. Tel est
le sens de *Cid* : voir p. 87, n. 7. — 7. Apprécier.

Qu'il lui soit glorieux alors de t'épouser.

DON RODRIGUE. — Pour posséder Chimène, et pour votre service,
Que peut-on m'ordonner que mon bras n'accomplisse ?
1835 Quoi qu'absent de ses yeux il me faille endurer,
Sire, ce m'est trop d'heur [1] de pouvoir espérer.

DON FERNAND. — Espère en ton courage, espère en ma promesse;
Et possédant déjà le cœur de ta maîtresse,
Pour vaincre un point d'honneur qui combat contre toi,
1840 Laisse faire le temps, ta vaillance et ton roi.

---

1. Voir le v. 988.

● **Les bienséances** — *La question du mariage.* Nous avons déjà vu (l'*Action*, p. 107) comment Corneille, partagé entre le désir de respecter les bienséances et la vérité historique, avait, selon ses propres termes, « jeté quelque idée » du mariage. Mais, jusqu'au bout, Chimène en repousse la perspective avec horreur : v. 1805-1812. Cependant, le spectateur retient surtout les paroles du roi qui laissent entrevoir le mariage. « Et cela a été vrai dès le XVIIᵉ siècle puisque l'Académie suggérait à Corneille trois moyens d'atténuer cette horreur : que le Comte ne fût pas le père de Chimène, qu'il ne fût pas mort de ses blessures ou que le salut du roi et du royaume eût dépendu absolument de ce mariage. Ces solutions étaient satisfaisantes pour le goût de l'époque mais elles dénotent la méconnaissance des exigences morales de Chimène d'un bout à l'autre de la pièce : voir, en particulier, les v. 817-824, 842-844, 924-928...
Le souci des bienséances se marque aussi au fait que Corneille a adouci le vocabulaire de Chimène : voyez la version primitive des v. 1807-1810 ; la variante du v. 1809 manquait gravement à la déférence due au roi.

● **L'action** — On ne peut séparer les deux dernières scènes : elles représentent les derniers assauts livrés contre la rigueur de Chimène.
— Chimène avoue au roi que, pour elle, la tragédie de l'honneur est terminée : v. 1723-1732.
① Appréciez le pathétique de cet aveu.
— Reste la tragédie politique, c'est-à-dire l'obligation d'obéir au roi ; l'horreur pour Don Sanche (v. 1733-1734) inspire une autre solution : v. 1738-1740.
— Cependant, Rodrigue étant vivant, il faut faire accepter à Chimène la loi du duel judiciaire : le Roi intervient (v. 1763-1772) ; puis l'Infante (v. 1773-1774).
— Rodrigue qui, seul, comprend les exigences de Chimène, estime indigne de lui de se prévaloir de la loi du combat (v. 1778-1780) et veut donner à Chimène une satisfaction digne d'elle : v. 1781-1795.
② Montrez comment le ton passe de la fougue juvénile à une tristesse grave.
— Chimène a deux raisons de se laisser vaincre : son amour (v. 1803) et l'obéissance au roi (v. 1804). Mais le devoir la domine (v. 1811-1812).
— Le roi n'aura plus qu'à lui rappeler paternellement que ses obligations devront être remplies un jour, conciliant ainsi la rigueur du devoir avec l'attente des spectateurs.

TEXTE DES PREMIÈRES ÉDITIONS (Acte I, Sc. 1.)

Scène première. — LE COMTE, ELVIRE.

ELVIRE. — Entre tous ces amants dont la jeune ferveur
Adore votre fille et brigue ma faveur,
Don Rodrigue et don Sanche à l'envi font paraître
Le beau feu qu'en leurs cœurs ses beautés ont fait naître.
Ce n'est pas que Chimène écoute leurs soupirs,
Ou d'un regard propice anime leurs désirs :
Au contraire, pour tous dedans l'indifférence
Elle n'ôte à pas un ni donne d'espérance,
Et sans les voir d'un œil trop sévère ou trop doux,
C'est de votre seul choix qu'elle attend un époux.

LE COMTE. — [Elle est dans le devoir;...
...Et ma fille, en un mot, peut l'aimer et me plaire [1].]
Va l'en entretenir; mais dans cet entretien
Cache mon sentiment et découvre le sien.
Je veux qu'à mon retour nous en parlions ensemble;
L'heure à présent m'appelle au conseil qui s'assemble :
Le Roi doit à son fils choisir un gouverneur,
Ou plutôt m'élever à ce haut rang d'honneur;
Ce que pour lui mon bras chaque jour exécute
Me défend de penser qu'aucun me le dispute.

Scène II. — CHIMÈNE, ELVIRE.

ELVIRE, *seule*. — Quelle douce nouvelle à ces jeunes amants !
Et que tout se dispose à leurs contentements !

CHIMÈNE. — Eh bien! Elvire, enfin que faut-il que j'espère ?
Que dois-je devenir, et que t'a dit mon père ?

ELVIRE. — Deux mots dont tous vos sens doivent être charmés :
Il estime Rodrigue autant que vous l'aimez.

CHIMÈNE. — L'excès de ce bonheur me met en défiance :
Puis-je à de tels discours donner quelque croyance ?

ELVIRE. — Il passe bien plus outre, il approuve ses feux
Et vous doit commander de répondre à ses vœux.
Jugez après cela, puisque tantôt son père
Au sortir du conseil doit proposer l'affaire,
S'il pouvait avoir lieu de mieux prendre son temps,
[Et si tous vos désirs...

... en attendre l'issue [2].]

---

1. V. 25-38 de l'édition définitive. — 2. V. 52-58 de l'édition définitive.

EXAMEN DU « CID » (1660) [1]

Ce poème a tant d'avantages du côté du sujet et des pensées brillantes dont il est semé que la plupart de ses auditeurs n'ont pas voulu voir les défauts de sa conduite [2], et ont laissé enlever leurs suffrages au plaisir que leur a donné sa représentation. Bien que ce soit celui
5 de tous mes ouvrages réguliers [3] où je me suis permis le plus de licence, il passe encore pour le plus beau auprès de ceux qui ne s'attachent pas à la dernière [4] sévérité des règles; et depuis cinquante ans [5] qu'il tient sa place sur nos théâtres, l'histoire ni l'effort de l'imagination n'y ont rien fait voir qui en aie [6] effacé l'éclat. Aussi a-t-il les
10 deux grandes conditions [7] que demande **Aristote** [8] aux tragédies parfaites, et dont l'assemblage se rencontre si rarement chez les anciens et chez les modernes; il les assemble même plus fortement et plus noblement que les espèces [9] que pose ce philosophe. Une maîtresse que son devoir force à poursuivre la mort de son amant [10], qu'elle
15 tremble d'obtenir, a les passions plus vives et plus allumées que tout ce qui peut se passer entre un mari et sa femme, une mère et son fils, un frère et sa sœur; et la haute vertu dans un naturel sensible à ces passions, qu'elle dompte sans les affaiblir, et à qui elle laisse toute leur force pour en triompher plus glorieusement, a quelque chose
20 de plus touchant, de plus élevé et de plus aimable [11] que cette médiocre [12] bonté, capable d'une faiblesse, et même d'un crime, où nos anciens étaient contraints d'arrêter le caractère le plus parfait des rois et des princes dont ils faisaient leurs héros, afin que ces taches et ces forfaits, défigurant ce qu'ils leur laissaient de vertu, s'accommodassent
25 au goût et aux souhaits de leurs spectateurs, et fortifiassent l'horreur qu'ils avaient conçue de leur domination et de la monarchie.

Rodrigue suit ici son devoir sans rien relâcher de sa passion; **Chimène** fait la même chose à son tour, sans laisser ébranler son dessein par la douleur où elle se voit abîmée [13] par là; et si la présence de son

---

1. Voir la note 5. — 2. Il semble que Corneille pense ici surtout à l'action et aux unités. — 3. Voir p. 11, *les Principes de Corneille*. — 4. La plus rigoureuse. — 5. Quarante-cinq exactement, ce texte de l'*Examen* étant celui de 1682; le texte primitif est de 1660. — 6. C'est la plus ancienne orthographe, et la plus conforme à l'étymologie de la 3e pers. sing. du subjonctif présent. — 7. Le vraisemblable et le nécessaire. — 8. Nous avons souligné les mots qui, dans l'*Examen*, en marquent le plan, afin de faciliter l'étude. — 9. Les cas particuliers. — 10. Voir p. 31, n. 11. — 11. Digne d'être aimé et non, comme aujourd'hui : plaisant. — 12. Moyenne. — 13. Précipitée comme dans un abîme.

80 amant lui fait faire quelques faux pas, c'est une glissade dont elle
se relève à l'heure même; et non seulement elle connaît si bien sa faute
qu'elle nous en avertit, mais elle fait un prompt désaveu de tout ce
qu'une vue si chère lui a pu arracher. Il n'est point besoin qu'on lui
reproche qu'il lui est honteux de souffrir l'entretien de son amant
35 après qu'il a tué son père; elle avoue que c'est la seule prise que la
médisance aura sur elle. Si elle s'emporte jusqu'à lui dire qu'elle veut
bien qu'on sache qu'elle l'adore et le poursuit, ce n'est point une résolution si ferme, qu'elle l'empêche de cacher son amour de tout son
possible lorsqu'elle est en la présence du Roi. S'il lui échappe de
40 l'encourager au combat contre don Sanche par ces paroles :

> Sors vainqueur d'un combat dont Chimène est le prix,

elle ne se contente pas de s'enfuir de honte au même moment; mais
sitôt qu'elle est avec Elvire, à qui elle ne déguise rien de ce qui se
passe dans son âme, et que la vue de ce cher objet ne lui fait plus de
violence, elle forme un souhait plus raisonnable, qui satisfait sa vertu
45 et son amour tout ensemble, et demande au Ciel que le combat se
termine

> Sans faire aucun des deux ni vaincu ni vainqueur.

Si elle ne dissimule point qu'elle penche du côté de Rodrigue, de
peur d'être à don Sanche, pour qui elle a de l'aversion, cela ne détruit
point la protestation, qu'elle a faite un peu auparavant, que malgré
50 la loi de ce combat, et les promesses que le Roi a faites à Rodrigue,
elle lui fera mille autres ennemis, s'il en sort victorieux. Ce grand
éclat même qu'elle laisse faire à son amour après qu'elle le croit mort,
est suivi d'une opposition vigoureuse à l'exécution de cette loi qui la
donne à son amant [1], et elle ne se tait qu'après que le Roi l'a différée,
55 et lui a laissé lieu d'espérer qu'avec le temps il y pourra survenir
quelque obstacle. Je sais bien que le silence passe d'ordinaire pour
une marque de consentement; mais quand les rois parlent, c'en est
une de contradiction : on ne manque jamais à [2] leur applaudir quand
on entre dans leurs sentiments; et le seul moyen de leur [3] contredire
60 avec le respect qui leur est dû, c'est de se taire, quand leurs ordres ne
sont pas si pressants qu'on ne puisse remettre [4] à s'excuser de [5] leur
obéir lorsque le temps en sera venu, et conserver cependant une espérance légitime d'un empêchement, qu'on ne peut encore déterminé-
ment [6] prévoir.
65 Il est vrai que dans ce sujet il faut se contenter de tirer Rodrigue
de péril, sans le pousser jusqu'à son mariage avec Chimène. Il est

---

1. Voir le v. 16. — 2. Aujourd'hui : manquer *de*. — 3. *Contredire* était employé aussi
bien comme transitif indirect que comme transitif direct. — 4. Remettre à plus tard. —
5. Refuser de. — 6. D'une manière déterminée, précise.

historique et a plu en son temps; mais bien sûrement il déplairait au nôtre; et j'ai peine à voir que Chimène y consente que l'auteur espagnol, bien qu'il donne plus de trois ans de durée à la comédie qu'il en a faite. Pour ne pas contredire l'histoire, j'ai cru ne me pouvoir dispenser d'en jeter quelque idée, mais avec incertitude de l'effet; et ce n'était que par là que je pouvais accorder la bienséance du théâtre avec la vérité de l'événement.

Les deux **visites que Rodrigue fait à sa maîtresse** ont quelque chose qui choque cette bienséance de la part de celle qui les souffre; la rigueur du devoir voulait qu'elle refusât de lui parler et s'enfermât dans son cabinet, au lieu de l'écouter; mais permettez-moi de dire avec un des premiers esprits de notre siècle, « que leur conversation est remplie de si beaux sentiments, que plusieurs n'ont pas connu ce défaut, et que ceux qui l'ont connu l'ont toléré [1] ». J'irai plus outre, et dirai que tous presque ont souhaité que ces entretiens se fissent; et j'ai remarqué aux premières représentations qu'alors que ce malheureux amant [2] se présentait devant elle, il s'élevait un certain frémissement dans l'assemblée, qui marquait une curiosité merveilleuse et un redoublement d'attention pour ce qu'ils avaient à se dire dans un état si pitoyable. Aristote dit qu'il y a des absurdités qu'il faut laisser dans un poème, quand on peut espérer qu'elles seront bien reçues; et il est du devoir du poète, en ce cas, de les couvrir de tant de brillants qu'elles puissent éblouir. Je laisse au jugement de mes auditeurs si [3] je me suis assez bien acquitté de ce devoir pour justifier par là ces deux scènes. Les pensées de la première des deux sont quelquefois trop spirituelles pour partir de personnes fort affligées; mais outre que je n'ai fait que la paraphraser de l'espagnol, si nous ne nous permettions quelque chose de plus ingénieux que le cours ordinaire de la passion, nos poèmes ramperaient souvent, et les grandes douleurs ne mettraient dans la bouche de nos acteurs que des exclamations et des hélas. Pour ne déguiser rien, cette offre que fait Rodrigue de son épée à Chimène, et cette protestation de se laisser tuer par dôn Sanche, ne me plairaient pas maintenant. Ces beautés étaient de mise en ce temps-là et ne le seraient plus en celui-ci. La première est dans l'original espagnol, et l'autre est tirée sur ce modèle. Toutes les deux ont fait leur effet en ma faveur; mais je ferais scrupule d'en étaler de pareilles à l'avenir sur notre théâtre.

J'ai dit ailleurs [4] ma pensée touchant l'Infante et **le Roi**; il reste néanmoins quelque chose à examiner sur la manière dont ce dernier agit, qui ne paraît pas assez vigoureuse, en ce qu'il ne fait pas arrêter

---

1. L'abbé d'Aubignac, dans *la Pratique du théâtre*, 1657, IV, 2. — 2. Voir le v. 16. — 3. De savoir si. — 4. Dans le *Discours sur le poème dramatique*.

le Comte après le soufflet donné, et n'envoie pas des gardes à don Diègue et à son fils. Sur quoi on peut considérer que don Fernand étant le premier roi de Castille, et ceux qui en avaient été maîtres aupa-
110 vant lui[1] n'ayant eu titre que de comtes, il n'était peut-être pas assez absolu sur les grands seigneurs de son royaume pour le pouvoir faire. Chez don Guillem de Castro, qui a traité ce sujet avant moi, et qui devait mieux connaître que moi quelle était l'autorité de ce premier monarque de son pays, le soufflet se donne en sa présence et en celle
115 de deux ministres d'État, qui lui conseillent, après que le Comte s'est retiré fièrement et avec bravade, et que don Diègue a fait la même chose en soupirant, de ne le pousser point à bout, parce qu'il a quantité d'amis dans les Asturies, qui se pourraient révolter et prendre parti avec les Mores dont son État est environné. Ainsi il se résout
120 d'accommoder l'affaire sans bruit et recommande le secret à ces deux ministres, qui ont été seuls témoins de l'action. C'est sur cet exemple que je me suis cru bien fondé à le faire agir plus mollement qu'on ne ferait en ce temps-ci, où l'autorité royale est plus absolue. Je ne pense pas non plus qu'il fasse une faute bien grande de ne jeter point l'alarme
125 de nuit dans sa ville, sur l'avis incertain qu'il a du dessein des Mores, puisqu'on faisait bonne garde sur les murs et sur le port; mais il est inexcusable de n'y donner aucun ordre après leur arrivée et de laisser tout faire à Rodrigue. La loi du combat[2] qu'il propose à Chimène, avant que de le permettre à don Sanche contre Rodrigue, n'est pas si
130 injuste que quelques-uns ont voulu le dire, parce qu'elle est plutôt une menace pour la faire dédire de la demande de ce combat qu'un arrêt qu'il lui veuille faire exécuter. Cela paraît en ce qu'après la victoire de Rodrigue il n'en exige pas précisément l'effet de sa parole et la laisse en état d'espérer que cette condition n'aura point de lieu.
135 Je ne puis dénier que la **règle des vingt et quatre heures** presse trop les incidents de cette pièce. La mort du Comte et l'arrivée des Mores s'y pouvaient entre-suivre d'aussi près qu'elles font, parce que cette arrivée est une surprise qui n'a point de communication[3], ni de mesures à prendre avec le reste; mais il n'en va pas ainsi du
140 combat de don Sanche, dont le Roi était le maître, et pouvait lui choisir un autre temps que deux heures après la fuite des Mores. Leur défaite avait assez fatigué Rodrigue toute la nuit pour mériter[4] deux ou trois jours de repos, et même il y avait quelque apparence qu'il n'en était pas échappé sans blessures, quoique je n'en aie rien
145 dit, parce qu'elles n'auraient fait que nuire à la conclusion de l'action.

---

1. Sur la confusion des prépositions et des adverbes au XVIIe s., voir le v. 138. — 2. Il s'agit du duel judiciaire ordonné par le roi, juge suprême, comme moyen de décider d'une cause douteuse. — 3. De lien. — 4. Pour qu'il méritât.

Cette même règle presse aussi trop Chimène de demander justice au Roi la seconde fois. Elle l'avait fait le soir auparavant, et n'avait aucun sujet d'y retourner le lendemain matin pour en importuner le Roi, dont elle n'avait encore aucun lieu de se plaindre, puisqu'elle
150 ne pouvait encore dire qu'il lui eût manqué de promesse. Le roman lui aurait donné sept ou huit jours de patience avant que de l'en presser de nouveau ; mais les vingt et quatre heures ne l'ont pas permis : c'est l'incommodité de la règle. Passons à celle de l'**unité de lieu,** qui ne m'a pas donné moins de gêne en cette pièce. Je l'ai
155 placée dans Séville, bien que don Fernand n'en ait jamais été le maître ; et j'ai été obligé à cette falsification, pour former quelque vraisemblance à la descente des Mores, dont l'armée ne pouvait venir si vite par terre que par eau. Je ne voudrais pas assurer toutefois que le flux de la mer monte effectivement jusque-là ; mais, comme dans notre Seine [1] il
160 fait encore plus de chemin qu'il ne lui en faut faire sur le Guadalquivir pour battre les murailles de cette ville, cela peut suffire à fonder quelque probabilité parmi nous, pour ceux qui n'ont point été sur le lieu même.

Cette arrivée des Mores ne laisse pas d'avoir ce défaut, que j'ai
165 marqué ailleurs [2], qu'ils se présentent d'eux-mêmes, sans être appelés dans la pièce, directement ni indirectement, par aucun acteur du premier acte. Ils ont plus de justesse dans l'irrégularité de l'auteur espagnol : Rodrigue, n'osant plus se montrer à la Cour, les va combattre sur la frontière ; et ainsi le premier acteur les va chercher et leur donne
170 place dans le poème, au contraire de ce qui arrive ici, où ils semblent se venir faire de fête [3] exprès pour en être battus, et lui donner moyen de rendre à son roi un service d'importance, qui lui fasse obtenir sa grâce. C'est une seconde incommodité de la règle dans cette tragédie.

Tout s'y passe donc dans Séville, et garde ainsi quelque espèce
175 d'unité de lieu en général ; mais le lieu particulier change de scène en scène, et tantôt c'est le palais du Roi, tantôt l'appartement de l'Infante, tantôt la maison de Chimène, et tantôt une rue ou place publique. On le détermine aisément pour les scènes détachées ; mais pour celles qui ont leur liaison ensemble, comme les quatre dernières
180 du premier acte, il est malaisé d'en choisir un qui convienne à toutes. Le Comte et don Diègue se querellent au sortir du palais, cela se peut passer dans une rue ; mais après le soufflet reçu, don Diègue ne peut pas demeurer en cette rue à faire ses plaintes, attendant que son fils survienne, qu'il ne soit [4] tout aussitôt environné de peuple, et ne

---

1. C'est le Rouennais qui parle. — 2. Dans le *Discours sur le poème dramatique.* — 3. Participer à une fête où ils n'étaient pas attendus. — 4. Sans être.

185 reçoive l'offre de quelques amis. Ainsi il serait plus à propos qu'il
se plaignît dans sa maison, où le met l'Espagnol, pour laisser aller
ses sentiments en liberté; mais en ce cas il faudrait délier les scènes
comme il a fait. En l'état où elles sont ici, on peut dire qu'il faut
quelquefois aider au théâtre et suppléer favorablement ce qui ne s'y
190 peut représenter. Deux personnes s'y arrêtent pour parler, et quelquefois il faut présumer qu'ils marchent, ce qu'on ne peut exposer
sensiblement à la vue, parce qu'ils échapperaient aux yeux avant
que d'avoir pu dire ce qu'il est nécessaire qu'ils fassent savoir à
l'auditeur. Ainsi, par une fiction de théâtre, on peut s'imaginer que
195 don Diègue et le Comte, sortant du palais du Roi, avancent toujours
en se querellant, et sont arrivés devant la maison de ce premier lorsqu'il
reçoit le soufflet qui l'oblige à y entrer pour y chercher du secours.
Si cette fiction poétique ne vous satisfait point, laissons-le dans la
place publique, et disons que le concours du peuple autour de lui
200 après cette offense, et les offres de service que lui font les premiers
amis qui s'y rencontrent, sont des circonstances que le roman ne
doit pas oublier; mais que ces menues actions ne servant de rien
à la principale, il n'est pas besoin que le poète s'en embarrasse sur
la scène. Horace l'en dispense par ces vers :

> Hoc amet, hoc spernat promissi carminis auctor,
> Pleraque negligat [1].

205 Et ailleurs :

> Semper ad eventum festinet [2].

C'est ce qui m'a fait négliger, au troisième acte, de donner à don Diègue, pour aide à chercher son fils, aucun des cinq cents amis qu'il
avait chez lui. Il y a grande apparence que quelques-uns d'eux l'y
accompagnaient, et même que quelques autres le cherchaient pour
210 lui d'un autre côté; mais ces accompagnements inutiles de personnes
qui n'ont rien à dire, puisque celui qu'ils accompagnent a seul tout
l'intérêt à l'action, ces sortes d'accompagnement, dis-je, ont toujours
mauvaise grâce au théâtre, et d'autant plus que les comédiens n'em-
ploient à ces personnages muets que leurs moucheurs de chandelles [3]
215 et leurs valets, qui ne savent quelle posture tenir.

Les funérailles du Comte étaient encore une chose fort embar-
rassante, soit qu'elles se soient faites avant la fin de la pièce, soit
que le corps ait demeuré en présence [4] dans son hôtel, attendant
qu'on y donnât ordre [5]. Le moindre mot que j'en eusse laissé dire,
220 pour en prendre soin, eût rompu toute la chaleur de l'attention,

---

1. Horace, *Art poétique*, v. 44-45 : « Que celui qui a pris l'initiative de promettre un poème aime ceci, dédaigne cela et néglige bien des choses. » — 2. V. 148 : « Qu'il se hâte toujours vers le dénouement. » — 3. Les chandelles qui éclairaient la salle pendant le spectacle. — 4. Présent. — 5. Qu'on ramenât les choses à leur état normal.

et rempli l'auditeur d'une fâcheuse idée. J'ai cru plus à propos de les dérober à son imagination par mon silence, aussi bien que le lieu précis de ces quatre scènes du premier acte dont je viens de parler; et je m'assure que [1] cet artifice m'a si bien réussi, que peu de
225 personnes ont pris garde à l'un ni à l'autre, et que la plupart des spectateurs, laissant emporter leurs esprits à ce qu'ils ont vu et entendu de pathétique en ce poème, ne se sont point avisés de réfléchir sur ces deux considérations.

J'achève par une remarque sur ce que dit **Horace** [2], que ce qu'on
230 expose à la vue touche bien plus que ce qu'on n'apprend que par un récit.

C'est sur quoi je me suis fondé pour faire voir le soufflet que reçoit don Diègue, et cacher aux yeux la mort du Comte, afin d'acquérir et conserver à mon premier acteur l'amitié des auditeurs, si nécessaire
235 pour réussir au théâtre. L'indignité d'un affront fait à un vieillard, chargé d'années et de victoires, les jette aisément dans le parti de l'offensé et cette mort, qu'on vient dire au Roi tout simplement sans aucune narration touchante, n'excite point en eux la commisération qu'y eût fait naître le spectacle de son sang, et ne leur donne aucune
240 aversion pour ce malheureux amant, qu'ils ont vu forcé par ce qu'il devait à son honneur d'en venir à cette extrémité, malgré l'intérêt et la tendresse de son amour.

---

1. J'ai la certitude que. — 2. *Art poétique*, v. 180-181 : *Segnius irritant animos demissa per aurem — Quam quae sunt oculis subjecta fidelibus* : « Ce qui vient par l'oreille est plus lent à émouvoir le cœur que ce qu'on expose à des yeux attentifs. »

● **L'évolution de l'art classique** — L'*Examen* est postérieur de vingt-trois ans à la pièce. Dans l'intervalle, les mœurs ont évolué ainsi que la conception de la tragédie. Il est intéressant de relever, dans l'*Examen*, des marques de cette évolution.
Les idées morales
— Le mariage « est historique et a plu en son temps; mais bien sûrement il déplairait au nôtre » (l. 66-68).
— L'esprit chevaleresque : « Cette offre que fait Rodrigue de son épée à Chimène, et cette protestation de se laisser tuer par Don Sanche, ne me plairaient pas maintenant. Ces beautés étaient de mise en ce temps-là et ne le seraient plus en celui-ci » (l. 97-100).
Le respect des règles
— « Celui de tous mes ouvrages réguliers où je me suis permis le plus de licence » (l. 4-6).
① Étudiez cette *licence* en ce qui concerne :
— L'unité d'**action** (l. 164-173);
— L'unité de **temps** (l. 135-153);
— L'unité de **lieu** (l. 153-204).

DOSSIER PÉDAGOGIQUE

Une tragi-comédie originale

Le Cid est, par sa structure même, une tragi-comédie. Pourtant, selon BRUNETIÈRE, cette œuvre se distingue assez nettement des tragi-comédies de Hardy, Rotrou ou Scudéry, parce que « les causes de l'action et l'action elle-même sont transportées du dehors au dedans » *(les Époques du théâtre français)*.

ANTOINE ADAM précise : « Corneille, écrivant une pièce dont l'essence est d'être romanesque, donne à son œuvre une valeur morale et humaine qu'aucune tragi-comédie ne possédait » *(le Théâtre classique,* coll. Que sais-je ?, P.U.F., 1970, p. 56).

— Développez chacune de ces affirmations, dont certains termes supposent une explication préalable. Pourquoi peut-on dire que *le Cid* marque une frontière entre le goût du baroque et la soumission raisonnée à une discipline classique ?

— Relevez, dans la pièce, les traces du romanesque précieux.

Du « théâtre en mouvement »

ANTOINE ADAM *(op. cit.,* p. 61) admire, chez Corneille, « un véritable génie de ce que nous appelons le ' suspense '. Les coups de théâtre se succèdent et les renversements de situation, sans que jamais nous puissions leur reprocher d'être artificiels ou invraisemblables ».

— Relevez, dans *le Cid,* des effets de ' suspense '. Montrez que les quatre premiers actes posent des questions importantes relatives à l'unité d'action.

— Étudiez le chevauchement des événements, dans l'ordre du temps. Quels effets produit-il ?

— Rodrigue raconte son combat contre les Mores. Quelles sont les diverses fonctions de ce récit épique ? Soulignez la valeur éthique et politique de l'initiative et de l'action du héros.

La peinture historique

GUSTAVE LANSON écrit, à propos de Corneille : « Ses Grecs, ses Asiatiques, ses Byzantins, ses Lombards, ses Huns et ses Francs, même ses Espagnols sont tous français, contemporains du poète et bons sujets de Louis XIII » *(Œuvres complètes* de Corneille, coll. des Grands Écrivains, 1898).

— Comment Corneille transpose-t-il, dans *le Cid*, les usages de la France du XVIIᵉ siècle dans l'Espagne du XIᵉ siècle ? Qu'apprenons-nous sur la vie de cour, sur les devoirs du roi de France et ceux de ses sujets ?

— Plus généralement, pourquoi Corneille a-t-il mis en scène des personnages nobles ou royaux ? Relevez les vers où figure une réponse partielle à cette question.

Selon PAUL BÉNICHOU, « c'est une condition du drame sans laquelle tout s'effondrerait ». Développez cette idée ou discutez-la. « La tragédie de Racine est moins représentative peut-être que celle de Corneille, en ce sens qu'elle est moins spontanément, moins directement l'expression d'un milieu social et d'une tendance morale » (*Morales du Grand Siècle*, Gallimard, 1948, p. 254).

— Analysez cette comparaison et mettez en lumière la nouveauté de ce point de vue.

Le devoir et la passion : un conflit apparent

Toute tragédie met en scène « les grands sujets qui remuent fortement les passions et en opposent l'impétuosité aux lois du devoir et aux tendresses du sang » (Corneille, *Discours du poème dramatique*, éd. de la Pléiade, I, p. 61).

Cette définition convient-elle au *Cid* (tragi-comédie, ne l'oublions pas) ? Du conflit intérieur qui tourmente Rodrigue, il y a eu plusieurs interprétations au cours des siècles. SCU-DÉRY n'y a vu qu'un « méchant combat de l'honneur et de l'amour »; pour PÉGUY, trois siècles plus tard, « la destination de l'amour est la même que la destination de l'honneur » (« Note conjointe », *Œuvres*, tome IX, p. 176).

Mais trouve-t-on, dans *le Cid*, une morale du devoir fondée sur la raison ou une morale de la liberté exigée par le sentiment ? PAUL BÉNICHOU se le demande : « La raison était, non pas le principe de la contrainte, mais l'organe de la liberté. Pour l'avoir méconnu, on a orienté à tort la morale de Corneille contre l'instinct, contre tout instinct; on a fait une morale purement contraignante d'une morale qui attend tout de l'ambition victorieuse [...]. Ce n'est qu'en apparence un sacrifice que celui par lequel un désir s'efface devant un autre, à la fois plus puissant et plus noble : toute la dialectique cornélienne s'emploie à l'établir. Et tout l'humanisme aristocratique va dans ce sens » (*Morales du Grand Siècle*, coll. Idées, p. 37).

— Commentez ce texte et demandez-vous si la critique moderne ne se rapproche pas des vues de Corneille dans son *Avertissement* et dans son *Examen* du *Cid*.

Le héros et la gloire

« En bref, la gloire chez Corneille peut être la gloire mondaine, ou bien la gloire du monde chevaleresque et héroïque que nous ne confondrons pas avec la gloire tirée de la puissance et du pouvoir, enfin la gloire secrète qui répond à une exigence de la nature profonde de l'homme cornélien et exprime en définitive sa liberté intérieure [...]. A la rigueur, il suffirait du *Cid* pour apercevoir la totalité de ses aspects » (OCTAVE NADAL, *le Sentiment de l'amour dans l'œuvre de Corneille*, Gallimard, 1948, p. 307).

— Expliquez point par point cette description de la « gloire » recherchée par les héroïnes et les héros cornéliens.
— Pour être « hors du commun », ne conservent-ils pas « quelque chose d'humain », comme Curiace (et peut-être... Horace) ?

Les stances

MICHEL AUTRAND (« *le Cid* » *et la classe de Français*, C.E.D.I.C., 1977) formule ainsi une observation souvent faite : « les stances sont le moment où la tragédie se rapproche le plus de l'art lyrique ».
JEAN SCHLUMBERGER (*Plaisir à Corneille*, Gallimard, 1930, p. 66) n'est pas de cet avis : « Chez Corneille le vers est un moyen d'exprimer les sentiments avec force et splendeur; il ne songe pas à s'en servir comme d'une harpe ou d'un violon. »

— Comparez ces deux opinions; elles ne s'opposent pas autant qu'il y paraît.
— Quelle place occupent les stances de Rodrigue et de l'Infante dans l'intrigue et dans l'évolution des personnages ?
A propos de Rodrigue, SERGE DOUBROVSKY écrit ceci : « Nous avons affaire non à un héros romantique qui de ses sanglots tâche de tirer un chant mais à un personnage classique qui vise, dans les affres de la douleur, à la compréhension aiguë de lui-même » (*Corneille et la dialectique du héros*, Gallimard, p. 100).
— Relevez ce qui rapproche Rodrigue d'un héros romantique, Hernani par exemple, et ce qui l'en sépare.

Chimène et Rodrigue

Parlant des héroïnes cornéliennes, SAINTE-BEUVE s'exprime ainsi (*Portraits littéraires*, Garnier, 1861, tome I, p. 47) : « ...ces ' adorables furies ' se ressemblent presque toutes :

leur amour est subtil, combiné, alambiqué, et sort plus de la tête que du cœur ».

— Êtes-vous de cet avis ? Dégagez les principaux traits de caractère de Chimène, ce qui la rapproche des autres héroïnes cornéliennes, et ce qui lui appartient en propre.

— Estimez-vous, avec MICHEL AUTRAND, que Chimène est « le centre dramatique de la pièce »? Exposez et discutez ce point de vue. « On devine dans la conduite de Chimène quelque chose d'appris, d'appliqué, de forcé » (OCTAVE NADAL, *op. cit.*, p. 175).

« Restée au stade du désir, incapable de chercher le contentement au-delà de la perte sensible, au lieu de faire l'ablation et l'oblation de son amour, elle s'y agrippe; elle ne peut dépasser le règne du vital [...] elle se fige dans la douleur où Rodrigue ne s'était ' immobilisé ' qu'un instant » (DOUBROVSKY, *op. cit.*, p. 110).

— A la lumière de ces textes, comparez nos deux héros. Chimène ne se montre-t-elle pas, à de certains moments, hostile à la morale héroïque ?

Le drame politique

« L'œuvre de Corneille ne touche pas seulement à la politique par le caractère des valeurs morales qu'elle met en jeu; elle s'organise tout entière comme un vaste drame politique, où se réfléchissent, avec toute l'intensité symbolique du drame, les oppositions de forces, les heurts de pensée et d'arguments qui agitent la vie des États à cette époque » (P. BÉNICHOU, *op. cit.*, p. 92).

— Développez cette affirmation en vous appuyant sur des exemples pris dans *le Cid* et dans *Horace* ou *Cinna*.

— Relevez dans *le Cid* des aphorismes dont les ennemis de Richelieu auraient pu se servir pour condamner sa politique. Cependant, observe DOUBROVSKY (*op. cit.*, p. 186), Corneille n'est ni un historien, ni un « militant » politique (dirions-nous aujourd'hui). « *Le Cid* nous propose [...] le tableau d'un ordre idéal; si l'on veut, le rêve secret de la conscience aristocratique, où le soutien et le maintien de l'État sont assurés par le héros, Don Diègue dans le passé, Don Gomès au début de la pièce, Rodrigue à la fin ».

— Montrez comment la loi de l'honneur asservit tout le monde, depuis Chimène jusqu'au roi.

Le roi

Selon JACQUES SCHÉRER (*la Dramaturgie classique*, Nizet, 1977, p. 33) « les rois de *Horace* et du *Cid* n'ont ni passions,

123

ni intérêts politiques et ne servent qu'à juger d'autres personnages ».
— Dégagez les caractéristiques morales de Don Fernand. Pensez-vous, comme SAINTE-BEUVE, qu'il dit « des choses un peu trop paternelles et débonnaires » ?
Juge, il l'est, et sa fonction de juge suprême est essentielle, selon BERNARD DORT, car « seule, elle a le pouvoir de transformer le désordre féodal en un ordre d'État, de métamorphoser le héros cornélien, tenté par la mort, en serviteur de l'État, de le dégager de son glorieux néant pour l'inscrire de nouveau dans l'histoire. Ainsi Don Fernand et Tulle [1] lavent le héros de sa faute aristocratique » (*Corneille dramaturge*, éd. de l'Arche, 1957, p. 59).
— Comparez l'opinion de Sainte-Beuve à celle de Bernard Dort. Observez-vous une évolution dans l'œuvre de Corneille *(le Cid, Horace* et *Cinna)*, en ce qui concerne l'importance donnée au roi ?

« La tragédie de la temporalité humaine »

Pour DOUBROVSKI, *le Cid* « pose le problème essentiel de l'annihilation de l'être par la durée » : « Il ne s'agit pas seulement, pour le héros, de s'assurer la possession spatiale du monde et d'autrui dans le présent, mais de la perpétuer dans l'éternité » (*op. cit.*, p. 125).
— Mettez en valeur le rôle du temps dans la pièce et demandez-vous, à cette occasion, si Corneille a respecté la « règle » de l'unité de temps.

Les personnages secondaires

Dans son édition de *Phèdre* (p. 87) JEAN-LOUIS BARRAULT a formulé cette règle : « En tragédie, le personnage est à son confident ce que l'homme est à son double ».
— Les confidents ne sont-ils que des « doubles » ?
— Les personnages d'Elvire et de Léonor sont-ils différenciés ? Si oui, comment ?
MICHEL AUTRAND souligne « l'effet dramatique d'intensification de densité, de force, chaque fois à l'apparition des personnages masculins par rapport au caractère élégiaque des personnages féminins, systématiquement doublés d'une ombre fidèle et répondante » (*op. cit.*, p. 113).
— Mettez en valeur cet effet de contraste en prenant quelques exemples.

---

1. Roi de Rome dans *Horace*.

— A la lumière de *l'Examen du Cid* (voir p. 113) étudiez la manière dont l'Infante s'intègre à l'action.
— Analysez le rôle symétrique des deux « amoureux » (l'Infante et Don Sanche). Montrez qu'eux aussi usent de leur libre arbitre pour parvenir à la gloire » (sur le sens de ce mot, voir p. 122).

Le dénouement

« La vertu semble bannie de la conclusion de ce poème », écrivait SCUDÉRY, contemporain de Corneille. Il était de ceux qui ne supportent pas qu'une fille puisse épouser le meurtrier de son père.
En fait, de telles positions sont trop formelles. Pour OCTAVE NADAL, » malgré la promesse et l'ordre du roi, la pièce s'achève sur la séparation des amants et la perspective d'un malheur irréparable. Elle perd ainsi la raideur d'une logique sentimentale fondée sur l'honneur chevaleresque ; des forces primitives, amour, piété filiale, colère, tourmentent l'héroïne ; elles triomphent d'une morale sociale et sentimentale conventionnelle » (*le Sentiment de l'amour dans l'œuvre de Corneille, op. cit.*, p. 275).
DOUBROVSKY ne partage pas cet avis. Pour lui, la pièce semble avoir une conclusion heureuse puisque l'amour et la politique y trouvent leur compte : « Tous les périls qui menaçaient l'héroïsme et dont le déroulement de la pièce constitue comme une exposition thématique — détérioration du *Moi* héroïque par le temps, déchirement par l'amour, extermination réciproque des *Moi* conduisant à la perte de l'État — semblent désormais conjurés » (*op. cit.*, p. 131).
— Analysez ces deux affirmations contraires. Laquelle préférez-vous ? Pourquoi ?
— Comment le dénouement du *Cid* marque-t-il le triomphe de l'éthique aristocratique ? Selon DOUBROVSKY, il recèle « une menace pour l'ordre monarchique » latente. Pourquoi ?

Si vous mettiez en scène « le Cid »

Quel point de départ prendriez-vous ? Pour MICHEL AUTRAND, *le Cid*, en pleine époque Louis XIII, « a quelque chose d'un drame de cape et d'épée ». Pour DENIS LLORCA, c'est une pièce de théâtre « de type shakespearien, violent, sensuel »...
— Voyez-vous, dans cette tragi-comédie, un aspect singulier que vous mettriez en valeur par votre mise en scène ?
— Si vous vouliez reprendre la trame du *Cid* aujourd'hui pour faire un drame, un film, dans quel contexte social et politique feriez-vous évoluer vos personnages ?

Les personnages

« Le héros classique est jeune, il est beau, cela va sans dire »
(J. Scherer, *la Dramaturgie classique en France*, p. 21).
— Relevez les vers où l'on peut découvrir quelques indica-
tions sur l'âge, le physique, l'allure des personnages du *Cid*.
Parlant de Chimène, Michel Autrand évoque sa « silhouette
de pleureuse ». Jean Vilar, au contraire, ne veut pas voir de
larmes dans les yeux de la Chimène qu'il dirige sur la scène.
Lequel prendriez-vous comme guide ?

Les costumes

« Personnages aux vêtements hiératiques médiévaux aux
couleurs violentes ils pourraient sortir des vitraux de Char-
tres. Chaque scène est une enluminure et on a l'impression
au fil de l'intrigue dramatique de feuilleter un ' livre
d'heures ', d'assister à une chanson de gestes ». Ainsi s'exprime Paul-Émile Deiber après le spectacle donné par la
Comédie-Française (*l'Aurore*, 1er novembre 1963).
— Dans votre mise en scène, de quelle époque seraient les
costumes ? Développez vos motivations.
— Afin de bien différencier certains personnages (Don Gormas et Don Diègue, Rodrigue et Don Sanche, Chimène et
l'Infante...), adopteriez-vous des couleurs, des signes particuliers ?
Le costume peut avoir une valeur dramatique très grande.
(Vers 1131 à 1141). Au début du quatrième acte, nous dit
Michel Autrand, « le costume est tout autre chose que la
convention soigneuse d'un décorateur; c'est l'incarnation
même de la douleur de Chimène, à la fois la conséquence et la
cause toujours renouvelée de son désespoir » (*op. cit.*, p. 86).

L'espace scénique

— Relevez dans la pièce les indications concernant le lieu
où se déroule l'action. Comment résoudrez-vous les problèmes
posés par la liaison des quatre premières scènes de l'acte I
(voir l'*Examen* du *Cid*, p. 113) ?
— Exigerez-vous un changement de décor entre les scènes 5
et 6 de l'acte V ? ou enchaînerez-vous ?
— Comment imaginez-vous les intérieurs ? la place publique ?
Précisez les caractéristiques qui définissent ces décors les
uns par rapport aux autres.
— Quel sera « l'espace virtuel » dans votre mise en scène :
la ville ? la mer ? le port ?...

— La décoration de l'espace scénique : sera-t-elle baroque ou stylisée ? Y introduirez-vous des traits de couleur locale ? « VILAR faisait, dans un grand envol de manteaux, un joyeux cliquetis de pourpre et de dorures, descendre le roi et sa cour au premier rang de l'orchestre. Nous pouvions alors, mêlés à la cour, recevoir de plein fouet le fougueux reportage de Rodrigue » (JACQUES LEMARCHAND, dans *le Figaro littéraire* du 14-20 novembre 1963).

— Aimez-vous ces mises en scène à grand spectacle qui font oublier les exigences de la tragédie classique ?

— Afin d'orienter les interprètes, imaginez leurs allées et venues dans l'espace scénique, leurs gestes, leurs mimiques. « Pour moi, Chimène est la fille d'Attila. Il est normal que, dans ce climat de tension, à une époque de barbarie et de violence primitive, Chimène traverse la ville avec son père sur le dos pour frapper les populations et dresser l'opinion contre Rodrigue avant de demander justice » (DENIS LLORCA, *Journal* du Théâtre de la Ville, février 1973).

— Retiendriez-vous cette curieuse invention scénique pour la scène ou la garderiez-vous pour l'écran ?

Des modifications de structure?

Dans sa mise en scène, LLORCA remanie quelque peu la pièce et rajoute des scènes :

— entre le comte et sa fille avant le duel, par exemple, pour faire « comprendre de manière vivante le chagrin de Chimène à la mort du Comte »;

— en intervertissant certaines scènes, « afin de permettre aux comédiens d'enchaîner dans la continuité d'un même sentiment »;

— en restituant des variantes abandonnées par Corneille, « afin d'aérer et de rendre plus vivant un texte que nous ne sommes pas loin de savoir tous par cœur » (*Journal* du Théâtre de la Ville, décembre 1972).

D'autres metteurs en scène modernes sont allés jusqu'à représenter sur scène les événements qui se déroulent normalement en coulisse...

— Que pensez-vous de cette désinvolture ? Vous en inspireriez-vous ? Quel est leur intérêt, selon vous ?

La lumière, les sons

« Étroitement unie à l'action, à son atmosphère, à son sens, la lumière qu'impose le texte du *Cid* n'a rien d'accessoire ni de fortuit » (MICHEL AUTRAND).

— Relevez les vers qui font allusion à la lumière. Comment les interpréterez-vous avec vos réflecteurs ? Utiliserez-vous des jeux d'éclairage ? Dans quel but ?

— Cherchez dans la pièce les mots, les vers qui font allusion aux bruits. Dans votre mise en scène, établiriez-vous des liens étroits entre l'éclairage et le bruitage ? Précisez vos idées.

D. LLORCA se propose d'insérer dans le spectacle des extraits des *Enfances du Cid* de Guilhen de Castro, « sur percussions et en vieux castillan ». Que pensez-vous de cette fantaisie ?

ICONOGRAPHIE

Le duo Chimène-Rodrigue

— A travers les interprétations qui vous sont proposées, étudiez l'âge, la physionomie, les jeux physiques, les costumes des personnages. Montrez que le regard est un élément du langage dramatique.

— Quels acteurs vous paraissent le mieux convenir aux rôles de Chimène et Rodrigue tels que vous les imaginez ?

— Quelles similitudes notez-vous dans les différentes représentations ? qu'est-ce que l'acteur et le metteur en scène ont voulu faire ressortir chaque fois ?

La peinture historique

— Par quels signes le metteur en scène met-il en évidence les aspects féodaux de la société de l'époque ?

— Relevez les éléments pouvant paraître anachroniques pour le XVIIe siècle.

L'espace scénique, le décor, les costumes

— Comparez les diverses utilisations de l'espace scénique, les décors, la place des acteurs principaux et des figurants. Évaluez les partis-pris choisis par les metteurs en scène.

— Comment Denis Llorca pallie-t-il l'insuffisance du décor ? Quels sont les effets recherchés ?

— Dans quelle mise en scène insiste-t-on particulièrement sur la valeur symbolique des costumes et accessoires ?

Imprimerie Berger-Levrault, Nancy. — 779200-08-1985.
Dépôt légal : août 1985. — Dépôt 1re édition : 1962.
Imprimé en France.